为青春出发

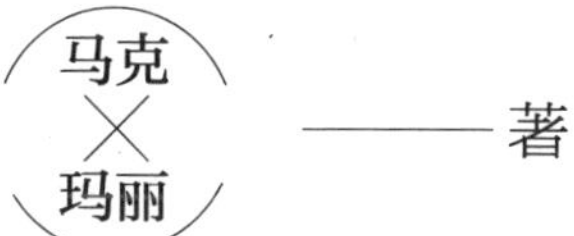

中国铁道出版社
CHINA RAILWAY PUBLISHING HOUSE

众星携手，友谊万岁推荐

电台同事都告诉我，马克、玛丽不是男女朋友，
只是每天晚上一起做节目到凌晨的“好友”。
他们一起做很多事，唱歌，说笑，上台……
直到要一起去旅行，还说没有我准假就没有这本书！
但马克、玛丽还不是情人！是怎么回事？
各位，小燕姐不懂喔！

——古亭玛丹娜·张小燕

在神经质的内心小剧场里，
爆发时而荒谬、时而智慧的哲理，
两位主持界不可忽视的新星，
用神逻辑轰炸你，这是一本很猛的书，
铁定大卖！

——长腿辣模·陶晶莹

最青春无敌的搭档，最陡峭无厘的旅程，
为我们带来最单纯欢乐的阅读乐趣。

——肌肉猛男·谢哲青

我想跟他们一起去旅行。

——红唇艳星·魏如萱

（推荐人依姓名笔划排序）

目录 CONTENTS

出发之前

第1章

维也纳 Vienna

第2章

布拉格 Prague

第3章

纽伦堡 Nuremberg

第4章

慕尼黑 Munich

第5章

哈斯塔特 Hallstatt

后记

缘起

马克

一切都要从电影《白日梦冒险王》开始说起。

我一直觉得很多人看完这部电影后的体会，与这部片原本想传达的讯息，好像有着南辕北辙的落差。很多人好像只看到了抛下日常生活的帅气，与之后在旅程中获得的美好风景与冒险，却忽略了他其实不是为了逃避日常而出发，他的出发是为了面对，面对自己职责范围内所发生的问题，面对这份即将终结、没有未来的工作。

这一切看来令人羡慕的惊奇旅程，其实他并不想要，或应该说他并不敢要。他只是认真地想把自己的工作完成而已，而这些冒险、惊喜，以及最后的结果，并不在他的预料之内。

很多人认为这部电影是在鼓励大家出走，去冒险，好好用自己的眼睛去看看这个世界、活在当下，但其实我觉得这部电影的寓意是相对保守和陈旧的:（就算再怎么无聊无趣）把你眼前的事做好，努力地完成你的工作，然后也许有一天，它会带你到你所意想不到的地方。

2013年的12月14日，我跟Mary异想天开地在西门大河岸办了一场演唱会，演唱会很成功（就参与的人数来说），当天在这个中型的live house（现场演出）场地，塞进了爆满的听友。不过奇妙的是，这场活动结束后，也正式结束了我一段三年多的感情。

某天，我又像个丧尸般地逛着Facebook，逛着逛着，看到朋友转贴的一则文章：

> 太酷了，上班族辞职！XD
>
> 《白日梦冒险王》
>
> 冰岛＋美国 12 天冒险自由行，环游世界不只是白日梦
>
> 03/29 (六) 傍晚出发，04/09 (三) 返回
>
> 两人同行，平均一人 ＝ NTD $ 62,565
>
> 一人旅行 ＝ NTD$ 73,938
>
> ★（4/04 为法定假日，上班族辞职或请 6 天假成行）

爆满的精神损害演唱会

原本以为对旅行已经没有太大热情的我，不知为何，深深地为这个方案着迷啊。奇怪，我又不是上班族，看到辞职这个词就会兴奋；我也没有很想去冰岛啊，看极光、挑战极限什么的，从来都不在我的旅行梦想清单中，但是真的不知道为什么，看了文案后，我马上拿起了计算器嗒嗒嗒嗒地按着（啊，原来到头来是因为钱吗，我是寒酸Boy被便宜的价格打动了）。嗯，一个人去的话，七万多，好像还是有点贵，唉，但是如果拉个分母来作陪的话，就只要六万多耶，好像可以喔！

于是我很快地把脑筋动到我的伙伴身上：

"你不是说想去看看日本之外的国家吗？"

"你不是说你想去欧洲、想去美国吗？这个行程可以一次满足你的愿望耶。"

"你不是说你是超完美旅伴吗？我想跟超完美旅伴旅行一次看看啊。"

"你看两人同行一人只要六万多（拿出计算器），扣掉你之前交给我帮你卖东西的收入、还有办演唱会的一点盈余（手指飞快地在计算器上打着），你只要出这样（秀出计算器上的数字），你就可以去环游世界了！怎么样怎么样怎么样？"

于是在我一波波说之以情、动之以理的温情与价格攻势下，我的伙伴也心动了，好耶！我们要出发去当白日梦冒险王了！

决定要出发之后，我马上发信息给不久前才去过冰岛的朋友，问问她在冰岛做了些什么事，有什么好玩的（也是刚好因为这个话题，让我们有机会搭上了话，没想到后来她变成我的女朋友了，讨厌。未来她还会出场，所以在这先给她个代号R）。Mary也发信息联络住在那附近的姐妹，问问可不可以住她那啊，有什么好玩的啊，等等等等。

不过当想象开始一步步进入实践后，很多杂音也开始跳出来嫌东嫌西：难得可以出趟远门，12天好像太少了；想在冰岛多待几天，想在飞机上少待一点时间；四月初会不会已经看不到极光了，如果看不到极光，人家就不要去冰岛了（跺脚）。

为了解决这些内心的杂音，我们每天下电台现场后，就花些时间在电脑前东按按西按按。发现如果要延长旅行，如果要在飞机和转机上少花些时间，调整行程的结果就是要多花很多钱；然后害怕看不到极光这件事，在我心中突然变得重要起来。觉得没必要在台湾春暖花开的时候去冰岛受冻，而且在这个极光说没就没的尴尬时刻，若是到时候到了冰岛才知道错过了，那整趟旅行都会垂头丧气地提不起劲来。

所以冰岛这个地点就默默出局了，可是小燕姐已经准我们假了耶，不管怎样一定要出去的啊，于是我们开始在电台一隅的电脑屏幕上开始我们的环游世界之旅。

“印度呢？我想去印度做瑜珈修行和性爱灵修。”

“土耳其呢？听说土耳其跟其他地方的感觉很不一样，一生一定要去看看。”

“亚洲都不考虑吗？那南美洲呢？”

我们以旅游网站上的推荐行程为起点，然后搭配Google和Wikipedia搜寻当地的景点图片和城市资料，看看那里有什么好玩的，吸不吸引人。澳大利亚、新西兰、南非、希腊，我们每天都去不一样的国家，然后每查完一个地方就觉得，好了，这个地方玩完了，可以不用去了。

一个一个著名的城市被划掉，直到这天的线上旅游，Mary看到了一张图片。惊为天人！！！！！

“这是哪里？”

终于我们找到了目的地。

事情是这样的

♀玛丽

2014年，有部电影叫《白日梦冒险王》。

犹记得当时这部电影上映后没多久，有天马克抵达电台时，兴冲冲地坐到我身边并捉住我的右手臂，眼神看起来不太一样，贼贼地、有着藏不住的兴奋。

通常这种情况可能是他在来电台的途中看到了一个巨乳美女，或者是一个长腿美女、气质美女、大膝盖美女、翘臀美女……反正大多不会是我有共鸣的事，所以当时的我不以为意，冷冷地准备听他这次又要说什么无聊的新鲜事。但出乎意料之外，他压低音量却压不住雀跃地说："吴玛丽，我们去冰岛吧！"

我哈了一声，不太确定耳朵所听到的，也直到这时才转头正眼看向他。

马克开始与我分享这个振奋人心的消息，简而言之就是个旅游网站特地因《白日梦冒险王》而生的套装旅程，冰岛与洛杉矶12天，机票加住宿只要三万元左右，一个看起来像骗局的价钱，我甚至没听过这个旅游网站的名字。

马克滔滔不绝地说了些什么我已经记不得，回想起来，也许当时我只是盯着他的牙龈发愣而已，所以只来得及抓住最后的肯定句："吴、玛、丽！只要三万你就可以去冰岛了！"

素来容易被特价、限量这类陷阱字眼蒙蔽的我，就这样被说服了，再加上马克拿了一台计算器在我眼前飞快地嗒嗒嗒按着，最后出来的数字实在太吸引人，我压根儿忘记三分钟前还在怀疑这个旅游网站是诈骗集团，嘴角不自觉笑了起来。

所以这本书原本是该分享冰岛的极光、洛杉矶的生活，但如果人生都可以照想象清单走的话，我现在应该是选美小姐冠军兼两个孩子的妈，然后职业是贵妇。

仔细确认过机票的详细内容，发现便宜是必须付出代价的，而且回到现实面，我跟马克每天在电台都有LIVE节目，也让人不禁开始怀疑是否真的可以请长假。一连串的问题袭来，这场《白日梦冒险王》的旅途渐渐变成了一场真正的白日梦，最终只能放弃。

梦幻的白日梦没了，可是冒险的火还藏在心底尚未被扑灭，要知道欲望之火一旦被撩拨起来，结束它就不是件轻易的任务。

某天《青春点点点》[1]结束后的深夜，我们在电脑前开始环游全世界，盘算着其他可行的地点。

英国伦敦，马克都去过三次了，而且是跟不同的女朋友……

美国纽约，马克都去过两次了，而且是跟同一个女朋友……

马尔代夫，这个即将在未来消失的岛屿，新婚伴侣的性爱天堂，但我们又不是情侣。

夏威夷，我们两个人一个不会游泳一个不晒太阳，为什么要挑夏威夷。

法国巴黎，马克问：“你对巴黎有梦想吗？”“没有。”

当这些热门景点都被打枪之后，我们开始暴走，想到什么搜寻什么，巴西阿根廷秘鲁乌拉圭冲绳新疆内蒙古杭州桂林山水甲天下，全世界都被我们在网络上走了一遭。

① 《青春点点点》为飞碟电台广播节目，因为十分幽默而风靡全台湾。

几个小时之后我已经开始恍神，大脑像是处在洗衣机中的翻搅状态，想起上次在广播节目中访问一位来宾他说去了印度之后整个人都改变了非常之神还有摩洛哥我虽不知道在哪里但最近美发界非常流行摩洛哥发油搞得我很想买一罐试试啊对了摩洛哥是不是靠近撒哈拉沙漠呀撒哈拉是三毛的梦呢我想起了三毛那一个神秘的中邪录音机……

我们两人的对话慢慢减少，像一对要分手却说不出口的情侣，说不出“我们放弃吧”这样的话。

因为一旦说出口，刚刚那些付出瞬间将变得毫无意义，也证明了我一辈子都终究是个裹足不前的白日梦者，如同我那些失败的减肥梦、慢跑梦、恋爱梦。

我用一双死鱼眼盯着电脑屏幕发呆，这时，旅游网站里随机地浮出一张照片，是个宁静的小镇坐落在湖边，衬着蓝天白云藏在山中与世无争。

照片的右下角小小的标记着，Hallstatt。

去过的部落客说，那是人间仙境，是世界遗产。

于是目的地就这样出现了，我们决定以Hallstatt为主轴绕出这趟中欧之旅。

以前在电影中看过，主人翁闭着眼睛掷飞镖到地图上，掷到哪就去哪的疯狂举动（为什么他们老是不会掷中海中央？），而这次光是凭张照片就决定出发，疯狂程度对我而言有过之而无不及，尤其我从未飞离过亚洲。

但无论如何，这次我去定了！

你们花了多少钱

♂马克

承前，这趟旅行的开端是因为Facebook上的一篇文章，而真正确立目的地，则是因为一张网络上的照片。

当吴玛丽在电脑前看到惊为天人的湖光山色后，就决定要去那里了。她说她想看着湖发呆，什么也不做地，看着湖，发呆。那个地方叫做哈斯塔特（Hallstatt）。

哈斯塔特是位于奥地利湖区的一个小镇，人口千人不到，只有一条主要道路，徒步20分钟就可以从镇头走到镇尾。1997年被列为世界文化遗产，过去以产盐为主，现今则是以美景闻名的人间仙境。

你知道这个地方吗？

我不知道。

这个我们连听都没听过的小小小小镇，是靠查维基百科才知道它在奥地利（现在想想，飞过大半个地球，只为了去一个原本连听都没听过，只看了一张照片的地方，我觉得满离奇的），想当然是没有直飞这种东西，话说那里也没有国际机场啊啊啊，所以决定从首都维也纳当做第一站吧。幸运的是，华航有提供台北－维也纳的直飞，而且直接从华航网站上订购，价格便宜到吓了我一跳，直飞含税才不到两万九台币，这票价便宜到连我住在奥地利的同学都直呼不可思议。机票会这么便宜是因为四月中的时候还不是旅游季节（话说我们四月中出发时，班机空空，等到五月中回来的时候，班机就爆满了），只要提前两个月买非旺季的票，就可以得到比较好的价钱。

说到钱，我发现台湾人真的太喜欢问价钱了，爱问到一种令人匪夷所思的地步。这趟旅行回来，被问到最多的一个问题就是：“你们花了多少钱？”你一定也有这种经验：旅行一趟回来，大家问你的不是好不好玩，风景美不美，遇到了什么趣事，而是好奇你花了多少钱，而且这是三句之内一定会被问到的必考题。

我不太理解到底为什么要问人家花了多少钱；是要评估自己花不花得起这个钱吗？你又没有要去同一个地方，到底问这个问题的目的是什么？就算真的有计划要去同一个地点，但出发的时间不同，机票住宿的费用就不同；想要的住宿品质不同，民宿旅馆的价格也就不同啊。而且而且而且这是一个满难把话题延续下去的问题唉，大概就是一种“啊，我也不知道要跟你聊什么，那就随便问一下你花了多少钱好了”。因为只要问了这句话，就等于是把炸弹丢给对方，然后等着看好戏：看着被问的人拼了命地解释说：“啊，因为机票买得便宜所以只花了多少钱啦～”“啊，因为失心疯了，买了太多东西，所以花了多少钱啦～”看着他自顾自地与脑内的声音对话，看着他因为心生比较而冒出来的虚荣心或羞耻感，这时只要从旁附和几声感叹词“唉”“哈”“噫”“哇”，就能把整个对谈塞得很满，好像进行了一场充实的深度对话一般，我真心地觉得好可怕。

但这好像某种社会潜意识一样，我自己也常常忍不住，脱口就问出了这个问题。

“那你们到底花了多少钱？”

交通还是最大的支出，飞过去的机票钱，城市与城市之间的移动，这次因为懒惰，所以就直接跟飞达旅游买了欧洲多国火车通行证，只要搭配下载EuroRail App，就可以省掉看不懂德文不知道怎么搭车等很多麻烦。

机票 28,668元台币
火车 13,318元台币

不过要买火车通行证的先决条件是要先把行程规划好，不然你会不知道你要买哪种票。可是马克你不是说你是个不计划的人吗?

嗯，是的，事情是这样的：因为我常常拿以前旅行的时候，住一天50元台币的民宿这件事来说嘴，所以吴玛丽女士知道，旅馆一定要由她来订，保障她在旅程途中的基本住宿品质。如果要先订旅馆的话，就一定得先知道要去哪些城市，各住几晚，所以那阵子每天她见到我就是问行程，要去哪里要去哪里要去哪里，去的地点确定了以后，又问我每个点要停几天，停几天停几天停几天，一直问一直问一直问，连我什么时候要换欧元这种不相干的事也要每天问每天问每天问。

总之住宿平均大概一天2,000到3,000元台币，住了台湾留学生的家、日租公寓、旅馆和湖边民宿。每天的饮食费和杂支平均大概30到40欧元，剩下的就是购物和买礼物的钱。

整趟旅程18天，没有特别节省过日子，总花费在十万元台币以内。

……

好了，你看吧，问了这个问题以后，得到的答案是不是很

无聊，害我这篇很难收尾。所以下次在无意识地问出“多少钱”之前，你可以多想两秒钟，然后进行一段更有趣的问答喔，you can do better than that，啾咪。

马克玛丽脱口秀
谈钱的段落

超完美旅伴

♂马克

如果要认识一个人，就跟他一起去旅行。

真是个俗气的开场白啊。旅行可以看见一个人。就像同居一样，生活在一起，才会看到彼此的习惯，牙膏怎么挤（噢天啊，怎么会举这么烂又老掉牙到爆炸的例子呢？话说我一直以为挤牙膏只有前中后的差别，有人喜欢从头挤，有人喜欢从中间挤，像我则习惯从后面挤。但前几天造访朋友家才发现，她是用整个拳头紧握这种狂野豪迈的挤法耶！！！），马桶坐垫怎么放（噢噢噢，这是烂例二连发吗？但是身为男生坐着小便协会会长，我有必要利用这个机会好好推广男性坐着小便这件事——保持厕所的芳香整洁，人人有责），进门东西会不会乱丢，饭后会不会收拾，一趟长途旅行，让你原形毕露。

除了外在生活习惯，旅行更可以看到对方的内在习惯：他喜欢去哪里看什么，他遇事的态度，他看世界与思考的方式，等等。有些人喜欢看人文类的历史古迹，教堂庙宇艺术品；有些人喜欢大江大海，群山美景；有些人专注在逛街购物，品尝旅游书上推荐的美食餐厅。光是要调和行程的比例，可能就会让某人不开心。旅途中也难免发生突发状况，这个人是怎么面对问题的，用什么方式去解决，当他遇到不顺心的倒霉事时，会不会乱发脾气等，都是在旅途中可以好好观察与评估的方面。

我跟玛丽都认为自己是超完美旅伴，可是每个人对于完美旅伴的想象不太一样，现在让我为您呈现两种截然不同的超完美旅伴典型。

吴玛丽是个功课型的旅人，因为她的个性认真负责，做事按部就班，只要给她目标，她就会尽力去完成。就像学生时代的她，会认真且努力地念书一样；要出国旅行前，她也会认真且努力地勤做功课。细读三四本精选好评的旅游书，在实用页面贴上便利贴做记号；遍查网络游记与资讯，反复确认景点与景点间的移动方式。花很多时间在旅馆的选择上，能够事先预订的票券也都会在台湾先订好。因为，She hates surprises。她不喜欢突发状况，不喜欢临时的邀约，不喜欢在没有心理准备的情况下面对突如其来的事情。

而欧马克是随性型的旅人，因为他个性散漫，做事毫无章法，就算给了他目标，他也会拖延到过了期限，还不一定会完成。就像学生时代的他，花很多心思猜测出题老师的心理和分析历届出题比率；要出国旅行前，他什么都不做。不读旅游书，不查资料，不订住宿，也不知道要去哪里。因为，他讨厌被限制，讨厌被约束，讨厌被催逼。对于一趟旅程，他花最多的时间就是在寻找便宜机票，当机票买完，这趟旅行的前置作业就完成了。

这样看起来欧马克哪里是完美旅伴？我来告诉你我的完美在哪里。我的完美就在于我很随便。我说的随便不是那种嘴巴上说着“随便啊，都可以啊～”，然后当别人提出要去哪里之后，又会说“可是听说那里怎样怎样怎样……”“哈～你们想去那种地方噢？”“那里感觉很low唉！（或是各式负面形容词）”，没主见又爱打枪的人最～讨～厌！啊，你到底想去哪你说啊，你说啊，你说啊，然后她又会说“都可以啊”。

请问我可以扭断你的头吗？

我最最最最最害怕的旅伴类型就是装随和，而且更可怕的是，爱装随和的人偏偏还会要大家一起行动。“大家一起出来玩就是要一起走啊”，可是有些活动她明明就不想参与，却还是为了要“合群”而硬跟，跟了又不开心，摆臭脸，心里觉得委屈，觉得自己在配合大家。然后后续的行程如果没有顺她的意，她又会牢骚一堆说：“我之前都委屈自己配合大家，可是现在balabalabala，大家都没有尊重我，balabalabala。”把整团的气氛弄得很糟。很恐怖。

所以假随和与要求合群这两个人种，是绝对绝对被我屏除在旅伴选择中的。可是啊，自称超完美旅伴的吴玛丽女士，是个既随和又合群的人耶，在旅伴光谱上，我们根本是站在光谱的两端啊。她计划，我不计划；她要一起行动，可是有的时候我会想一个人走；她需要掌控全局，我喜欢意外与惊喜。

所以关于这次超完美旅伴与超完美旅伴的共同旅行，电台同事们是抱着看好戏的心态，我们前脚一离开他们的视线，他们就纷纷下注我们会在第几天开始吵架。一个计划人跟一个随兴人会在第几天的时候开始受不了对方呢？

这趟旅程一共18天，就这么定下了。

超完美旅伴评量表

旅行的方式源自于个性，而真正的完美不存在于现实里，所以所谓的超完美旅伴，也没有什么绝对的标准，说穿了，只有合不合适的分别而已。不过以下的这几项人格特质，是公认的好旅伴条件，检测一下自己可以得到几分吧。

☐ **随和好相处**

你有一种特别的魔力，让人只要跟你在一起，就会感觉到好快乐呀~

☐ **开放的心胸，不抱怨、不生气**

开心尝试新事物，遇到不顺己意的时候，不会碎碎念、摆臭脸。

☐ **独立，能照顾好自己**

有解决问题的能力；能够独自旅行，保护好自己身体和财物的安全。

☐ **整洁干净**

洗完澡还能维持浴室地板的干净；东西不乱放，所到之处不会爆炸。

☐ **能提重物，耐逛耐走体力好**

至少不会拖累到同行者的行程。

☐ **有金钱观念**

不过分抠门，也不乱买东西，有节制地在预算内旅行。

□ **不贪小便宜、不计较、也不占人便宜**

不会为了省小钱而浪费了旅行的时间与体力，也不会为了一点小钱与旅伴计较，算得太精有时候让人觉得很累。

□ **包容**

若旅伴做错了事、说错了话，可以包容旅伴的过失。

□ **有方向感**

会看地图会找路。

□ **自助旅行经验丰富**

能够随机应变，不会什么都不知道；除了顾好自己外，还能照顾伙伴。

□ 加分题

有幽默感，能在日常生活中找乐子。

会摄影，可以拍出令人回味的照片。

如果一题十分的话，你得到了几分呢？

其实不管是旅行途中的伴侣，还是人生道路上的伴侣，若想找到适合自己的那个人，先得知道自己是什么样子的人，知道了自己是什么样子的人，才会明白自己适合什么样子的伴。有的人要的是相合，有的人要的是互补，所以说到底，终归是苏格拉底的一句老话：Know Thyself（认识自己），总是要先认识自己，才会知道适合自己的伴在哪里啊。（感恩感恩）

♂马克

这是一趟让我学习如何面对不安全感的旅程。面对自己的猜疑心、妄想症，还有那些因着自己所创造出来的幻象而引发的、无谓的情绪起伏。

在等待飞机起飞前，我拿出了录音笔，是的，身为一位专业的广播人，随身携带着录音笔，想要录下生活周遭的声音和灵感，也是非常正常的一件事。加上难得可以跟我的伙伴一同出国，当然要把我们之间发生的点点滴滴都忠实记录下来，在飞机上的这段录音，是名符其实的“ON AIR”。

我是个非常喜欢谈心的人，我不喜欢聊天，但是我很喜欢谈心。我对于公众人物、明星八卦和当红话题的兴趣，远低于当人们开始聊自己内心世界的时候。只是愿意无条件敞开心房的人少，要听到人们的内心世界，最好的方式就是你要先出点汁。因为只有当你卸下外在的武装，让人碰触到你柔软的内心时，别人才会比较容易开始想要对你说说他的心里话。

于是在旅途的一开始，我就要大出汁。看看我为了要经营这段旅程是多么的用心良苦，为了让旅伴内心的高墙倒下，我要先一股脑儿地向她倾吐我的烦恼。

这是一场感情咨商。

在结束上一段感情后，我对自己非常失望，觉得一直以来我所遇到的这些好女孩，却都没有办法让她们愿意与我好好地走下去。四，好像是个魔术数字，我们的关系都撑不过第四年，就死了。究竟为什么会分开，表面的原因可以推说是她们想要一个有稳定工作、收入丰厚，以及可以在正常时间陪伴在她们身边的可靠男人。

头两段恋情的结局像是回放一样：她们在赴京赶考高中之后，就开开心心地牵手同期进士，展开全新的驸马爷生活。哼，可恶的负心汉，就这样把在家乡痴痴守候的糟糠妻给忘得一干二净。感情介入第三者的揪心与被狠狠甩开的愤怒，让我不禁责怪起女人的现实，但这样的怪罪也只是为自己的自尊找个台阶，因为我知道收入啊、地位啊、头衔啊什么的也许都不是重点，重点在于，我不是她们心目中的那个可以陪伴在她们身边的可靠男人。

在当了两次的糟糠妻之后，历史没有重复第三次，但却是让我对自己感到最心寒的一段。因为这次，负心的人是我，我发现我没办法做到我想象中的自己；虽然不愿意承认，但我终于认清了我就是个无法让人安心的家伙。我也学习到，当一段感情在开始之初就存有的疑惑，是不会因为时间和空间的改变而消失的；那些个性上的问题，那些你觉得只要有爱就可以克服一切的信心，都会在某个出其不意的时机点，向你摊牌。

因为意识到了自己是一个如此不okay的家伙，所以我觉得我还是不要再随便出来害人了，就把哥从人肉市场中除名吧，让哥远离这尘世中的纷纷扰扰，让哥一人孤老，过着清心但不寡欲的生活（合十）。

然后R出现了。

跟R的相遇和在一起是一个令人措手不及的奇迹。我非常非常地喜欢R，那是我人生中第一次体会到钟情的瞬间。At that moment，我突然理解了一个我不知道是真的看过，还是只出现在我脑中的画面：一位满脸皱纹、白发稀疏的西班牙老先生，当被问到爱他结婚超过五十年的妻子什么地方时，他漾起缺了牙的嘴笑说："她的笑容。"

爱神的箭就这样射中了我。所以原本打算不再出来害人的周处，原本想说可以来段心无旁骛、无牵无挂的放空旅行，如今一切都不一样了。

照理说，一段刚开始的恋情，正在甜蜜又浓烈的热恋期，可是男友却在这时要离开一段时间去旅行，而且还是跟广播界的女神、出版界的畅销作家、主持界的新兴天后、感情界的单身大使，孤男寡女地共处432个小时，在这种情况下，想必她的不安全感应该高升到爆表才对，可是……

她很平静。平静到让人觉得“你真的有喜欢我吗”的那种平静。

不平静的反而是我。因为对R有如滔滔江水绵延不绝，又有如黄河泛滥，一发不可收拾的爱，让我的情绪总是起起伏伏，可是从她的反应看来，我好像是个可有可无的影子啊。

“你现在知道过去跟你在一起的那些女孩是什么感觉了吧？”吴玛丽用嘲笑的语气说。

是的，我现在完全知道了。以前看那些两性作家的文章，不管是貌似中肯，把读者骂得狗血淋头的说教式口吻，还是自言自语式，像是在催眠自己般的wishful thinking文，我都会用鼻孔喷气加耸肩，觉得她们都在说些公牛的排泄物。但现在我完全体验到了，什么是一眼瞬间，什么是一物克一物，什么是爱

到卡惨死。

她浑然天成的冷漠，对任何事都不甚感兴趣的样了，真的很令人诚惶诚恐。跟她对话，她总是能出其不意地痛击你。这个每次都不照着我剧本走、让我捉摸不透的女人，完全不给我一点安心和甜头，因此我非常的不安，害怕我只是填补她寂寞的短暂过客，害怕我只是她上一段感情结束后的篮板球。种种不安让我的脑内总是补出好多的小剧场，她的手机有信息，我就觉得是她的暧昧对象所传的，她拿起手机传信息，我就觉得她是要传给其他的野男人。就算天天见面，我还是每天活在精神衰弱的猜忌中，更何况现在，我要这么久一段时间见不着她，你说，你要我怎么活下去?

飞机起飞了。娱乐系统可以开始使用了。

感情咨商的话题好像令我的伙伴感到有点无趣，于是我提议两人一起选同一部电影，同时按下播放键来看，这样出现笑点哭点优点烂点的时候才能彼此同步，增添机上观影乐趣，是不是很浪漫呢?

但，之前为了出国要赶录音的存档，所以在坐上飞机前，我已经是以极限的睡眠撑着好几天了。影片开始才没多久，我就发现眼皮太重了撑不住，真的撑不住，就算一起看电影这件

事是我提议的，就算我再如何用力地抵挡睡意……

醒来的时候已经到维也纳机场了。

这趟旅程，录音笔的首次出动，就在我自顾自地讲完了对方好像也没什么兴趣的话题后，进入了休眠；我在自己出完汁后，倒头就睡。

很多人说我娘、我C、我有颗女孩心，但在射后不理这方面，证明了我还是个不折不扣的男人。（下巴抬高）

出发之前

♀玛丽

我跟马克在广播节目中是出名的爱废话，可以从发片聊到路平专案再扯到瑜珈冥想，最后想不透一开始到底要表达什么。这样的废话性格也反映在文字当中，都已经第二篇了，我还没写到飞机起飞。

我是个热爱计划的旅行者，喜欢把每天的行程景点都排好，偶尔连餐点都要事先查好以免误踩地雷，有时候更病态连景点之间的移动方式最好都整整齐齐地安插好，按表操课是最妥当的、意外往往不美好。

意外受伤住院发现保单不给付。

意外爱上旅途中的女孩却发现她是你亲妹妹。

意外考上了第一志愿却发现从此人生只剩最后一名。

意外成为了广播DJ才发现这个工作大概平均五年才有机会调一次薪。（但我还是爱我的工作）

但这次不同，在旅途开始前，我不停地告诉自己要来个不一样的旅行，要打破所有刻板传统，除了来回机票跟住宿之外，再也不做任何规划。

要下这种决心不容易，你需要一个很支持你的旅伴，我一开始也办不到，偶尔还企图偷偷调查一些相关讯息，直到有一次我随口问马克欧元换了没？没想到他居然用非常嫌恶的眼神看着我说："连换钱你也要管？很烦你知道吗？"当下我真的像是五雷轰顶一般的羞愧，整张脸都羞耻地躁红了起来。是啊，我真的是一个带不出门的管家婆、令人引以为耻的朋友，距离出发还有一个礼拜、还有星期一二三四五六七天，时间明明还那么久，我担心这些臭钱干什么呢？

可是人毕竟是难以更改习惯的惰者，很快我又忘记我要来趟真正"自由"行的决心，直到出现让我痛定思痛的第二次教训。

有天，我又随口问了马克关于火车票的问题，毕竟这次要移动三个国家，如果在台湾先订好火车票也许会比较便宜。没想到这次他除了嫌恶之外，还带着愤怒崩溃且不可置信的眼神盯着我，然后绝望地咆哮："你连火车票都想控制吗？你一定要管什么时候买车票吗？你知不知道整趟旅途都因为你现在这句话变得无聊了！我已经不晓得这趟旅途还有什么乐趣可言！！！”

他看着我的眼神，就像是在看从牙套当中剔出来的菜渣、大肠里的息肉一样惹人厌，当下我真的好想哭，为自己的鲁钝愚蠢而哭，我怎么就是不懂从失败中学习呢？我在意火车票干嘛？坐不到火车会死吗？买到贵的火车票又如何呢？我就是这种在意金钱跟时间的俗人才会注定庸庸碌碌一辈子！

想到这儿，我几乎想跟马克下跪亲吻他的脚指头乞求他的原谅，希望他可以重拾对旅途的期待，不要因为我鲁莽无知的发言而伤心，错的都是我、该死的都是我，请不要放弃我。

经过这两个事件，让我终于学会抛开过去的自己，用一颗出世自在的心迎接崭新的未来。

关于马克，他本来就是一名无拘无束的旅行者，这次倒是心血来潮定了个计划，他心里盘算着回来后要出两性旅游书。所以事先提醒我要详细记录这趟旅途的对话，但我一直都是听听而已没放心上，像他这类只爱用脑子计划的人很容易有三分钟热度的状况发生，把他的话当真，傻的是自己。

但世事难预料，当我们在机舱里等待起飞时，马克竟然从背包里拿出了录音笔，没想到他是来真的！他像个变态一样要录下我们的全部对话！

我心里想，也不用在旅途根本还没开始时就这样迫切记录吧，而且平时有严重拖延病的他居然变得如此积极让我有点不太习惯，难道谈了恋爱真的会使人改变这么大吗？[①]

也许马克看出了我脸上（藏不住的）震惊，于是为了营造两性对谈的轻松气氛，他（居然）开始主动侃侃而谈这段新恋情，（但只是）疯狂炫耀自己的幸福后再顺带提出自己对新感情的不安，即使那些不安在我耳里听起来依旧是十分刺耳的闪[②]，莫名奇妙意义不明……但我还是企图冷静地与他分析，逼自己看起来十分投入对话当中，这才是身为一名好朋友的模范。至于他的不安到底是什么恕我无法在这里公开，毕竟这牵扯到一些男性扭捏的阴柔面以及微性爱话题。[③]

值得纪念的初次对谈持续到起飞后不久，因录音笔电池没电而告一段落，精神还很好的我们决定开始电影赏析，就在我

① 旅途当时马克跟女朋友刚交往不到一个月，俗称的热恋期，那阵子他的经典发言是：“天啊，爱人的滋味怎么会这么美妙。”

② 台湾方言中表示男女朋友间的亲密举动，常常让单身的人感到刺眼。

③ 他绝对没有聊关于不举这类的话题。

要选择播放《瞒天大布局》时，马克急忙娇嗔地叫我等一下，原来他想要同步一起观看。

我想起《真爱零距离》片中远距离的男女主角在各自的房间里同时按下电影播放键，这样一来即使身处不同环境又有时差，但透过视频，他们还是能一起讨论每个桥段，但我没想过在飞机上也可以来这招。

电影开演后五分钟，当我还在为这新鲜体验默默兴奋时，隔壁居然传来了杀猪般的打呼声，转头一看马克已经睡死并且熟睡到合不上嘴的地步。

有时候，你待朋友好，不能期待他有相同的回报。

诚如我刚刚所说，把他的话当真，傻的是自己。

第1章

维也纳

Vienna

Marc：“我觉得Candy Crush过不了很麻烦，你那时候就开始在玩了吗？”

Mary：“那时候是什么时候？”

Marc：“出国的那时候啊！”

Mary：“我又没有男朋友。”

KOMET

FAMOUS KISSIN

零突破

♂马克

第一次就是第一次，没有再多的第二次，抵得过第一次。

一个4要变成5，需要25%的成长，而一个1要前进到2，则需要100%的跃进；但若要从0到1，必须要出现一个无限大的突变。所以这是为何“零突破”是如此的可贵。每个人、每件事的第一次，都是无可取代的经验，它在个人的生命历程中，占有一个不可被撼动，也无法被超越的地位。

这次旅程对吴玛丽来说，有许多的零突破：第一次不计划的旅行，第一次为了一张照片就出发的旅行，第一次飞出亚洲，第一次去欧洲，第一次长程飞行，第一次坐火车跨国旅行，第一次跟一个男人孤男寡女地出国，也因为这个色欲薰心的家伙如豺狼虎豹般地觊觎着她____的肉体，所以让她创造了第一次每天都要穿内衣睡觉的连续纪录。

这趟旅行对我来说，也有一些零突破，其中之一就发生在到达维也纳的第一天。

（请用蔡头的语气）你、知、道、吗？我们第一天的行程竟然是去（语气换成沈玉琳）逛、凹、累！

身为一个自助旅行者，节俭成性的抠门人，在日常生活中，任何一点一滴的花费都要锱铢必较的我，怎么会安排一个Shopping Mall行程呢？而且还安排在第一天！这种没有人文素养、充满资本主义消费气息的地方，怎么会是个知性青年自助游的首站呢？除此之外，我们要去的这个Mall还不是在市区，要知道，国外的Outlet（品牌折扣店）常常在就算驱车都还要一两小时以上的卫星城镇。如此劳民伤财又交通不便的地方，竟然成为了我旅程的首站，这对我来说，真的是个意想不到的大大大大大大突破啊。

会有机缘如此，是因为哲青哥在写《欧游情书》这本书时，在维也纳待上了月余，因此在我们出发前，他很热心地把他在维也纳的友人介绍给我们。这次待在维也纳的时间，她开车带我们出去玩，请专业的导游为我们导览，请我们吃贵松松的晚餐；当我们最后从哈斯塔特回来时，还派司机去火车站接我们，最后还大方出借香闺让我们住一晚，一早再送我们去机场。不得不说，出外有朋友可以靠实在是太棒了。

维也纳靠山叫Mimi，在市区开了一间精品店，如果你想要买便宜的Rimowa，去找她就对了。Mimi是个热心得不得了的

人，我们前脚一抵达维也纳，她马上就跟我们约好要载我们前往近郊的Outlet。

一开始我以为她当天原本就是要去逛Outlet，只是刚好可以顺道带我们一起去，没想到一路上，Mimi带着她珍爱的吉娃娃，陪我们一间店一间店地进进出出，不时劝败[1]，但自己却什么也没买。此时我才知道，她是专程带我们来血拼的耶，一想到这，我就觉得肃然起敬，觉得这样的情操实在是太了不起了。陪人逛街有多累多无聊，你、知、道、吗？（蔡头上身）

不过我们前往的时间，既不是Summer Sale，也不是圣诞节，是一个没什么折扣的季节，所以看来看去，也买不下手。加上这是旅途的第一天，才第一天就乱花钱，预算超支的话怎么得了。话虽如此，但既然已经来到了这，就算内心再如何抗拒，可是对任何新体验都觉得应该要怀抱着开放的心情的我，就抱持着既来之则安之的想法，很认真地一间一间地进去逛。

最后，在这偌大的购物广场中，我的战利品是什么呢？

一个七欧元的
只有我手掌大小的

① 网络用语，劝说购民。

无用平底锅

一年来只用过一次
煎了两颗蛋

是的，人在旅行中常会失心疯，在新环境新体验的刺激下，很容易就让你意乱情迷地买了一些不需要的东西[2]。各地风景名胜的钥匙圈，巴厘岛的阳具木雕，泰国的大象装饰、青蛙木鱼，你买过最瞎的旅行纪念品是什么呢？话说我在锅具店时，除了无用平底锅之外，我竟然很认真地考虑要买个做帕尼尼的烤箱，把它搬回台湾；在之后的跳蚤市集上，我也差点买下一台二手手风琴，但重点是，我根本不会弹啊。

好了，又到了一篇文章要结束的时间，今天的最后，就是要提醒大家，旅行有时候就跟恋爱一样盲目，所以出国旅行时，别乱买东西喔，咦～爱租椅～

② Outlet中，Prada经典款的长短夹真的超级便宜，不过100欧元左右，比台湾的三分之一到四分之一价还要便宜，害我一路上心神不宁，一直在想是不是该买回来转卖，卖一个赚一张机票，卖两个就把这次的来回机票给赚回来了！啧啧，贪财贪财。

维也纳的第一天

“同居”第一天

♀玛丽

历经了十几个小时的长途飞行，降落在维也纳国际机场之后没多久，我开始恍惚了。

本来英文就不好的我面对一连串的字母就会呈现半放弃状态，更不用说要买车票时，上头密密麻麻充斥着一堆会看不会念的德文。虽然我已经抄了维也纳房东贴心的指示，但亲身操作跟看白纸黑字是完全的两回事啊！

而且不知道为什么一直把皮夹拿进拿出让我感到很慌张，老是觉得在机场某个神秘的角落已经有人锁定我，他会不会看到了我有一张五百元面额的欧元？

说到五百元我就有气，在这边提醒各位要前往欧洲旅游的超级新手们，千千万万要记得换小钞换小钞换小钞，不知为什么我朋友帮我换了一张高达五百元这么大的面额，数大便是美也不是这样说的，后来我为了把这张五百元找开耗费非常多的

脑力与体力，因为就连旅馆也不收，连旅馆也不收的巨额钞票最后逼得我特地前去银行兑换，而且还要收一笔手续费。

让我继续回到维也纳的初登场，感谢老天保佑让我们顺利抵达维也纳出租公寓的门口，就到门口。

因为我跟马克始终找不到公寓的大门在哪里，没有网络也联络不上房东，空有电话号码但手机无法拨出，我背着背包拖着行李箱有点紧张地看着马克的背影，很怕他回头大骂我怎么没把事情联络好，毕竟这间公寓是我找的……

但是天公疼憨人，再度感谢老天，我们顺利遇到一个刚出门的摄影师住户，非常慷慨地询问我们是否需要帮助、还愿意借我们手机打给房东，在这里我要感谢鲍伯[①]，希望他可以拍出许多美丽的作品。

这次的旅途只有维也纳我们尝试住台湾人分租的小公寓，而且是跟房东一起住。维也纳的住宿费出乎意料的高，所以这

① 其实摄影师叫什么名字我根本不知道，只是纯粹觉得长相满适合叫鲍伯的。

APOTHEKE

样的选择可能比较划算，加上一开始人生地不熟，有个台湾房东感觉也比较安心。

我们的房东叫Apple，是个热情的音乐系女孩，冰箱上总有许多水果让你尽情地吃，也会听你的旅游计划给你很多帮助，在国外她俨然就是类似救世主的角色，她的小公寓干净整齐，房间内有一张双人床跟一张沙发床……

来了！我心中默默响起了《料理东西军》的招牌台词：今晚，你要选哪边？

双人床，我是不会跟马克睡同一张双人床的，而且他有190厘米，绝不可能会平均分给我二分之一的位置。

通常从毕业旅行开始，大家都该学会进房间就要迅速扫过床位摆设的技能，比较任性不要脸如我就会在三秒内锁定自己钟爱的风水进攻，于是我不动声色地把背包默默地放在床上，又不动声色地试坐了床铺、嘴里叨念着哎呀好有弹性好舒服啊，接着再补放外套跟围巾，成功地占领双人床领地。

直到晚上洗完澡准备就寝时，马克才惊觉事情不对劲，穿着白色老人卫生衣的他开始娇嗔：“这个沙发床好软喔……人家不能睡那么软的床……”“你很贱耶……居然自己偷睡

床……”②

在他不停碎念以及忙着跟女友通话的同时，我已经盖上棉被准备入睡。

这趟男女授受不亲的18天中欧之旅，有几个问题是回国后大家爱问的，例如：你晚上睡觉都穿什么?

四月的欧洲还是挺冷的，加上有些年纪的小公寓不比旅馆，我觉得连墙壁都冰到不行，所以我睡觉的装备是一件薄长裤再套上防静脉曲张美腿袜再加上又厚又软的居家毛袜，上身穿着绝不会走光的圆领T袖。

内衣？我这趟旅途除了洗澡之外内衣没离开过我的。

② 隔天马克一起床还是在抱怨床太软，他的脊椎痛苦不堪他要死了，我盯着他睡眼惺忪的脸，的确像是一夜老了十岁，所以第二天起我还是把床让给他睡，请别误会我蛇蝎心肠，我是超完美朋友。

THEATER
Soul Lounge

Obsttascherl
2.05

爱情多瑙河

♂马克

我不停地追逐　那黑色的幸福
就像是蒙上眼睛　追逐你的路
我扬起万千风帆　告诉你我好孤单
在幽幽蓝蓝多烦恼多恼河

我们在维也纳的落脚处，就在多瑙河畔，屋主Apple从台湾来到维也纳学声乐，久居之后，买下了两间相邻的小公寓，一间自住，其他空房就用来收留来自世界各地的旅人过客。

题外话，如果你未来有出国留学或海外久居的打算，只要提早准备，就能用在台湾置产的钱，前进海外，然后用租金养活自己。现在在伦敦、巴黎等城市，都可以遇见好多这样的台湾人，先是留学生，然后在某段时间的酝酿后，买了房子，变成房东（零突破），现在一间房子变成两间房子，两间房子变成三间房子，成为了留学生、打工、旅游的中继接济站啊。

话题回到维也纳，毕竟她是举世闻名的音乐之都，孕育出无数古典音乐家，海顿、贝多芬、莫扎特、舒伯特等人皆长眠于此。环境对人的影响力是不容小觑的，走在这个充满气质的皇家之都，会让人整个都优雅了起来。

到底是因为内心优雅，因而导致外在表现出来的动作缓慢；还是说慢的动作，会带给人一种不急不徐的高贵尊荣感呢？

吃下诚实豆沙包说得直白一点，我觉得维也纳有点死气沉沉；步调好慢，在街上的人好少，老人好多。傍晚之后，除了餐厅以外的店家全关，路上净空，是个好没有活力的城市啊。

不过初来乍到，第一次亲眼见到传说中的多瑙河还是有点激动的，忍不住就在桥上大声唱起熊天平的《爱情多恼河》。

可是明明就跟我同时代的吴玛丽竟然对这首歌没有共鸣。

“你竟然不知道《爱情多恼河》！”

“你竟然不知道熊天平的《爱情多恼河》？”

“你竟然不知道跟你老板谈过恋爱的熊天平的《爱情多恼河》？”因为很惊讶，所以问了三遍以上。

“我知道熊天平是谁，我只是没听过《爱情多恼河》，怎么样，我应该要听过吗？”我应该要……后面接被质疑的主要子句，是吴玛丽遭受质疑时的一贯反应。（她质疑别人时会使用的句型是：“这个也不知道，你知道什么？”）

Anyway，我觉得这首歌的最后一句歌词真是优秀：“在幽幽蓝蓝多烦恼多恼河～”英文的blue，除了是颜色蓝色外，也代表忧郁的情绪。而人在有烦恼的时候，会觉得情绪低落，会幽幽地叹息。这一句歌词里的蓝，不仅指多瑙河的颜色是美丽的蓝，也指自己多恼的内心，有着多恼的忧郁；这一句歌词中的幽，不仅描绘多瑙河山清水明的幽静，同时也指自己情绪和心境上的深远纠结。

同样的一条河流，在不同的时空背景下，可以被赋予不同的想象。当你站在多瑙河畔，若你心中哼着小约翰·施特劳斯的《蓝色多瑙河》，那么你就会感到开心明亮而雀跃；但如果你想着的，是熊天平的《爱情多恼河》的话，那么很可能，你就会感受到一条幽幽、忧郁又多烦恼的多“恼”河。

所以施主，有道是相由心生，境随心转。心恼，故众生恼；心净，故众生净。下次当你情绪低落烦闷时，不妨试试配上一首节奏轻松愉快，能让你开心的音乐，帮自己转换个心境，转换个情绪。阿弥陀佛。（点头微笑，双手合十走过）

熊天平的《爱情多恼河》

马克小教室

多瑙河是欧洲第二大河，次于俄罗斯的伏尔加河，也是欧洲极为重要的国际河道，全长2,857公里，流域面积81.7万平方公里。发源于德国黑森林地区，流经德国、奥地利、斯洛伐克、匈牙利、克罗地亚、塞尔维亚、罗马尼亚、保加利亚、摩尔多瓦和乌克兰等十个中欧及东欧国家，是世界上流经国家最多的河流，同时也是流经首都最多的一条河，包括奥地利的维也纳、斯洛伐克的布拉迪斯拉发、匈牙利的布达佩斯和塞尔维亚的贝尔格莱德。

至于熊天平怎么会知道多瑙河是蓝色的呢，那就一定得提起关于多瑙河最著名的一首歌：《圆舞曲之王》，小约翰·施特劳斯的第314号作品（*An der schönen blauen Donau op. 314*），德语曲名翻译为《美丽的蓝色多瑙河畔》。这首曲子也是维也纳新年音乐会的保留曲目。在每年跨年的午夜时分演奏，作为维也纳的跨年传统。

这首有“奥地利的第二国歌”之称的名曲，起源竟然是因为奥地利帝国在1866年，普奥战争中的惨败。当时帝国首都维也纳的民众陷于沉闷的情绪之中，为了摆脱这种情绪，小约翰·施特劳斯接受维也纳男声合唱协会指挥赫贝克的委托，创作一部“象征维也纳生命活力”的圆舞曲。此曲在1867年2月9日作为合唱曲，首演反应平平。但是半年后，小约翰·施特劳斯在巴黎万国博览会上亲自指挥该曲，而这首改编过后不带合唱的管弦乐演奏曲，获得了巨大的成功，也就是我们今日所熟知的旋律《蓝色多瑙河》。（资料取材自中文维基百科）

传说中的牛肉汤

♂马克

维也纳美食，不管是旅游书，还是当地人，大家必推的就是Plachutta这家餐厅的牛肉汤；清炖牛肉（Tafelspitz），是奥地利皇帝Franz Joseph I的最爱，后来这道宫廷菜肴成为维也纳的特色菜。它其实不是什么华丽复杂的菜色，就是把上好的牛肉在高汤中清炖个把小时，然后旁边配上烤土豆丝，佐酸奶芥茉酱或苹果泥来吃。

由于这家餐厅实在是太成功了，所以吸引了许多人慕名而来，当地人、游客、还有名人；往地下室走，你可以看到整面墙上挂满了老板与世界各国名人的合照，政治领袖、电影明星、运动明星等。只要去楼下上个厕所，你一定会忍不住在这面名人墙前驻足好一阵子。

这间餐厅除了清炖牛肉外，还有许多菜色，炸猪排（也是维也纳名菜）、鸡肉、鱼肉等一般餐厅会有的主食，但是完全不能与Tafelspitz相提并论。有人说这是间只靠一道菜出名的餐厅，也就只有这一道名菜，其他餐点只是普普通通。我完全同意，因为现在我只记得很咸的汤，一大盆的酥烤土豆，以及恶心的牛髓，但其他的菜，不论好坏却是一点印象也没有。

上菜时，服务生会在桌上先架好铁支架，然后放上铜色铁锅，铁锅内就是传说中的水煮牛肉，帅气的服务生会先帮你装汤（这边说的帅气，不是去早餐店买早餐时，老板娘会叫你帅哥的那种帅气，是真的帅到不行啊），享受完其实会让肾脏有点痛的清汤后，用面包刀挖出牛骨髓，涂抹在黑麦面包上，再撒上盐和胡椒，用手掰着吃。

我没有照着顺序来，我是等到已经快吃完的时候才捏着鼻子尝试牛髓的，结果就是冷掉的牛髓变成了半凝固状，显得更加恶心。脊髓也有一种腥味（也许是心理作用），感觉吃一口就要让胆固醇爆表。

接下来就是主菜时间，把肉从锅里拿出来，旁边会送上一大盆烤得酥酥的土豆丝让你配着吃，还有葱酱（chive sauce）和苹果辣根酱（apple-and-horseaddish sauce）这两种欧洲国家在吃烤牛肉时常用的酱料供你选择。

我必须告白，原本这篇文章的写作方向，是想要说那个大名鼎鼎的牛肉汤，贵，又没有多特别，如果你想吃的话，用不着坐12个小时的飞机，大老远地飞去维也纳，也不用提前一周订位，然后花30欧元吃这么一餐；因为它的味道其实就跟飞碟电台附近牛肉面店的清炖汤头差不多，而且只要不到台币200元就可以吃到啰。

但是当我真正准备动笔写这篇文章的时候，我开始搜寻网络上的相关资料，然后看到众多部落客的图文，我的脑中竟然怀念起了那锅很咸很咸的牛肉汤，我嘴中的唾液瞬间涌现，身体很诚实地告诉了我它的感觉。虽然有点想不起来那号称入口即化的牛肉口感，但是我真的好想好想再喝一口那让我的肾脏呼喊救命的汤，真的好想好想再吃吃烤得酥酥的土豆丝啊，好～想～再～去～吃～一～次～啊～

至于原本觉得很贵的价钱，可能因为刚跟从北京回来的朋友聊完天，他说在北京如果要吃外面的餐厅，差不多都要200元人民币，如果要吃点国外的、比较fancy的食物（洋食、西餐、汉堡、烤肉等），270、280跑不掉。那经过这样一换算，加上现在欧元跌得乱七八糟，让我觉得那牛肉汤好像一点也不贵唉！

嘴巴上说着不要，但身体却很诚实的马克
边流着口水边在肾脏的中心呼喊救命　笔

马克小教室

如果你想自己动手做做看这道奥地利经典菜肴的话，可以试试这个简易食谱。

这就是牛骨髓!

百水公寓

♀玛丽

这次旅途看似随意，但其实默默受到很多人的照顾，像是哲青老师在出发前特别介绍他在维也纳的好朋友Mimi给我们，热情善良的Mimi为了想让我们更尽兴地游玩维也纳，但又担心自己体力不足无法好好介绍，甚至还请了导游带领我们一整天。

原本一开始马克还很排斥有导游的带领，毕竟他就是匹原始的马，抗拒任何人的驾驭，但老实说，有个导游带领超乎我想象中的美好。导游能帮你说明每个建筑艺术的背后历史，使你更容易进入当地的氛围空间当中，而不是彻底的走马看花，虽然导游大部分的讲解我现在全都忘了，但无知如我却记得在维也纳的地铁当中，四号线是最古老的一条，当时的皇帝甚至亲身试乘过，但因为过于害怕，所以离开地铁之后依旧继续坚持坐他的马车。

孤陋寡闻如我居然可以说出这种维也纳的小秘密，简直太

令人感动了啊，比我演讲比赛得第二名还让人兴奋。[1]

总之，因为导游的关系，即便身处在步调缓慢的维也纳，我们还是勤快地去了不少地方，其中一站就是百水先生所打造的百水公寓。

很多人到维也纳都会特地前往百水公寓一探究竟，但在出发之前其实我还是处于犹豫状态，毕竟这不是一个大景点，而且你只能看建筑外观、不能进入室内，此外，百水公寓也不在许多知名景点周遭，必须要搭地铁再转乘电车。但托导游小姐的福，帮我们整理了一天顺畅的路线，才没有错过这栋奇幻建筑。

百水公寓突破了你的想象思维，没有规则、奔放自由，从外观看你找不到两扇一模一样的窗户，墙壁的线条也不是直线，你还能看到树木是从屋内往外爬出的呐喊姿态，虽然我总觉得那样的屋子阴气很重，毕竟小时候同学之间都口耳相传树须里藏鬼……但诡异归诡异，在奥地利有许多艺术家们都争相想入住，不过百水公寓并不是有钱就可以住到的，它是国民住

① 当年第一名从缺喔。

宅，所以想要拥有它只能祈祷自己签运够好。

据说有幸住在里面的艺术家们，都是以外观“我是粉红色那间”“我是橘黄色那户”来作为介绍代号，比起我们的八号十楼、四号三楼来得有趣多了。

还记得当天的天气非常好，所以墙壁上的彩色砖瓦跟植物全都被太阳照得发亮，游客也没有很多，边听着导游小姐的说明边晒着太阳，回想起来真是惬意舒服的一趟旅途。

刚刚提过因为百水公寓是真正的住宅，当然无法入内参观，据说外头的游客人潮还曾经让住户抗议太过吵杂，试幻想如果有人一天到晚在我家门口拍照嬉笑，真的是满崩溃的，可能有一天会发疯往外泼尿。

虽然不能进入百水公寓内参访，但在百水公寓对面有间百水艺术村可以满足好奇心，里头设计一样古怪荒诞，错落的楼梯不停挑战视觉概念，随便一个角落拍照都饶富趣味。此外，地下室还有一个厕所可以参观，只是这是要收费的，我个人亲自进去绕了一圈之后，嗯，就是百水风厕所，如果你真的非要进去瞧瞧，建议你膀胱储存多一点尿液比较划算。

在跟亚洲风格迥异的欧洲，有太多景色让我像刘姥姥逛大

观园一样惊叹，即使鲜少拍照的我，也常常忍不住拿起相机捕捉眼前美景（往往拍得极为丑陋），在百水公寓前，大概是这趟旅程中我第一次提出请马克帮我拍照的请求，这，就是他的回应。

我至今仍不明白为什么会想在这瞬间按下快门呢？

百水公寓外观照（附赠认真的男人最美丽）。

迷走人生

♂马克

在时间管理中，有一种说法是先去做最重要的事，因为当你做了你觉得最重要的那件事之后，就不会觉得今天是在瞎忙，就会有一种踏实的感觉从心中油然而生。

旅行也是一样，当你到了一个新的地方，旅游书上有好多推荐的景点，网络上有好多私房景点，要去博物馆美术馆，要看教堂皇宫纪念碑，要吃知名的餐厅，还要逛百货公司逛市集血拼，有这么多的地方要去，这么多的事想做，可是时间有限，该怎么办呢？

找一个最想去的地方，当你去了最想去的地方后，就会觉得这趟旅程值得了；若不幸最后还有剩下的景点没逛完，还有未完成的体验，这些留下的遗憾，也是美好的，因为它们恰恰提供了你未来再回来拜访的借口。

这天晚上，我问吴玛丽有没有想去哪里，她翻开她在旅游

书上特别折页的景点：熊布朗宫花园的迷宫。

“这个看起来很好玩耶。”她很兴奋地说。

我内心翻了好几个白眼，觉得这人怎么这么幼稚啊，“之前台北花博的时候你没有去过圆山的迷宫吗？”

我心想这景点一定会很无聊，那种用精心修剪的树作墙围出来的迷宫，我长这么高，路线一定是一览无遗的啊，根本没有乐趣可言嘛。不过反正我也没有其他想去的地方，再加上身为超完美旅伴的使命感，明天的行程就决定是你了，熊布朗宫。

我们搭乘U-bahn[①]到熊布朗站，跟着人群一同沿着皇宫外墙行走，十几分钟后总算到达正门，往里面一看，震撼，果然是皇宫，好~大~呀~

由于是周末，皇宫外的广场还有市集，装饰的大彩蛋、手

① U-bahn：维也纳地铁，总共有六条路线，此外还有行驶路面的电车及公交车，可购买维也纳卡或24小时、72小时套票，就可无限搭乘这些交通工具。

工糕点、小纪念品，还有踩高跷人偶与孩子们同乐。

进去皇宫参观得付贵贵的钱，但是花园是免费的，既然我们此行的目的是花园里的迷宫，所以我们决定先看看花园，如果还有时间，再考虑要不要进宫进贡。

结果穿过皇宫建筑，看到花园的那瞬间，我的下巴都要掉下来了。超～级～大～

有多大呢？大概就像你在很远的地方看到101，但是你不会想要走过去那样。我一看到花园以后，真的是完全不想逛，太大了，大到可以玩威利在哪里（刚好我穿条纹毛衣戴毛帽），站在皇宫背面的平台往花园看，人在远处变得超小一只。一瞬间，我有点百感交集；见识到广阔的美景，让我觉得心旷神怡。整齐划一和数量上的巨大，总是能创造出一种令人折服的美感。但同时，我也诧异于皇室的奢华。明明都是人，

竟然有人可以过着如此浪费与不负责任的生活，用这么多的人力与物力来打造一个住的地方，然后不事生产地在里面过活，过分啊（握紧拳头）。

皇家花园的正中间是六个巨大花坛，两边种植着修剪整齐参天的绿树墙，绿树墙内是44座希腊神话中的人物。花园的尽头是一座“海神泉”（Neptunbrunnen），沿着海神泉后的小丘爬坡而上，可以上到最高点的罗马式观景亭凯旋门（Gloriette），在此可把美泉宫和附近区域美景尽收眼底；海神泉向东是皇宫名称的由来，一座毫不起眼的“美泉”，美泉的正对面是一片人造罗马废墟（Römische Ruine）和一块方尖碑。海神泉的西侧是动物园（Tierpark）和热带植物温室（Palmenhaus），以及我们此行的目的地——迷宫。

光要确认迷宫的位置，就让我们在高台上把花园地图研究了一阵子，不是在开玩笑，如果算错了入口，当你进去那道高耸入天的绿树墙后，若发现走错了路，要再回头，又是一段长长的路。我们又不是过去的皇宫贵族，逛花园是乘马车，一介死老百姓，光靠双脚在烈日下迷走，体力是会被浪费光的。

在寻找迷宫入口的时候，就已经够像在玩迷宫了，这个花园大到，这些树高到，你如果在里面失踪，也不会有人知道，而且深处人迹罕至，当真是叫破喉咙也不会有人来救你（破喉

咙点头表示同意）。

经过一番折腾总算找到迷宫，乖乖排队买票付钱，噢对，迷宫是要钱的，动物园也是要钱的（请压抑住想问多少钱的冲动，我觉得有点贵），我不想来的原因其实有很大一部分是不想花这个钱；什么，用树做成的迷宫也要入场费？这真是太ridiculous了。到了售票口，大多是爸妈带着小朋友来玩，我看吴玛丽也跟小朋友身高差不多，甚至一时还鬼迷心窍，想买一张成人票和一张儿童票就好（你看我有多不想花这冤枉钱）。

不过抱着既来之则安之的想法，我很认真地跟孩子们一同开始今日的迷宫探险。一进去以后发现，妈啊，树都比我高耶，我就算踮起脚尖也没办法爱（题外话，你不觉得《踮起脚尖爱》这首歌歌名很情色吗？），跳起来也无法判别方向。迷宫的一开始有一些小关卡，要过关了才能继续前进，请一定要记好进关的入口是哪一个，不然之后就会很像鬼挡墙，不断重复走同样的路。

迷宫的前半部是单一路线，就是让你直直地走到尽头，转弯，再直直地走到另一头的尽头，再转弯，超级浪费时间跟体力，我真希望我有柯南的喷射鞋。而且很奇怪的是，在迷宫里前行，明明只有一条路，却一直会有一种我是不是在远离目的地的感觉，又或是觉得，这条路不是刚才走过了吗？我在里面

一度感到心慌与烦躁，害怕万一真的走不出去，又没有人来救我怎么办。（嘟嘴）

原本以为很无聊的迷宫，结果乐趣满多的，而且是真的会让你迷路的迷宫。到了后半段，路线开始有点变化了，开始有两个缺口让你选择要往哪走。这时候我的内心已经充满了烦闷的心情，我的身体已经充满了乳酸堆积，满是疲惫；然后抬头一看，有个可以站在高岗往远处望的平台，上面满是游客，拿着相机往下照。哼，就是把我们这些还在迷宫的人当成小老鼠一样，可恶，到底是谁搬走了我的乳酪呢。

那个高处的平台就是迷宫的出口，到了迷宫的最后，你眼望着平台，然后面对面前两条路的选择，一条朝向它去，一条是转弯。直觉告诉你，选择朝向它去会比较快到达目的地，结果走到底了才发现，这路通往死胡同。转个弯，虽然看起来好像远离了目标，甚至是在往反方向前进，但这刻意绕了一大圈的路，反而才能带你出去。

这是这座迷宫要给人们的一堂人生课程吧：人生无捷径，慢慢走，比较快。

然后当你走到了终点，上了高台，回头看看自己曾经走过的路，一切的选择都再清晰不过，身为一个过来人，你知道应

该怎么走才能抵达终点；但是站在高台上的你，却没办法告诉身陷迷宫中的人该如何行动，你只能无力地（或兴味盎然地）看着他们重复着你之前的错误。

C'est la vie.（法语：这就是生活。）

马克小教室

熊布朗宫，又称美泉宫，传说神圣罗马帝国皇帝马蒂亚斯（*Matthias*）曾在1612年时，于这区域附近狩猎，饮用到此处的泉水时，觉得清爽甘冽，遂命名该泉水为“美泉”。1743年，奥地利女皇玛丽亚·特蕾莎（*Maria Theresia*）下令在此营建气势磅礴的美泉宫和巴洛克式花园，总面积176公顷（略大于七个中正纪念堂），是世界上仅次于法国凡尔赛宫的巴洛克式宫殿建筑。1996年被列为世界文化遗产。（资料取材自中文维基百科）

维也纳的第三天

我“杀”了一个小女孩

♂马克

在熊布朗宫皇家花园的迷宫里，内含几个有趣的小关卡，其中有个考验智力的小游戏，是要你用脚，解开地上的数学谜题。

格子上的数字代表着，当你踩上去后，下一步必须要走的格数。例如，当你踩到1代表你下一步只能走一格；如果你踩到4的话，就代表下一步得走四格。而你的终极目标，是要走到谜题的中心点，才算破关。

你可以用手指在书上试试看，如果你很快就过关了，还有更困难的玩法：除了上面基本的步数限制外，还要再加上格子上的加减符号；破关条件就不是只有走到中心点就好这么简单了，同时，还要把所有你所走过的数字相加，让你到达中心点时，刚好数字也等于零，才算成功。

我跟玛丽在这个小关卡玩了好久，破解了简易版之后，还

继续挑战进阶版。期间有一些游客经过，她们把板子上的游戏规则念一念后，彼此叽叽聒聒几句就离开了，留下两个不想认输的亚洲人，继续苦思脚下数学谜题的解法。

之后又有一组游客过来了，听口音是英国夫妇带着一对姐妹一家人来玩。爸爸先是很慎重地看了游戏规则，然后指导正在玩的姐姐应该要怎么走。一高一矮两名奇怪的亚洲人就在一旁饶富兴味地看着。

姐姐在爸妈的指导下尝试了五六次后，都没办法到达中心，于是沮丧地说：“Too hard.”想要放弃，但爸爸还是一副很鼓励的样子，要女儿再试试。如果这一步走错了，那就回到

上一步，重新再试一次。

不过最后姐姐还是放弃了。换爸爸亲自上阵。旁边的妹妹看大家都在玩，也耐不住寂寞跳进了格子里。

热情又好事的我，在爸爸玩的时候，就很想出声提醒只要怎么走怎么走就可以让游戏结束了。这时妹妹进到数字盘，也遇到了跟姐姐刚刚一样的困境，停在同一格不知道该怎么办，在这个时候，at this moment，她跨出了令我意想不到的一步：她往对角线的格子跳了过去。

高个奇怪亚洲人一号情不自禁地说了声："You can't go this way."

妹妹大概四五岁吧，抬起头来用她纯真的大眼睛看着我。

爸爸听到奇怪亚洲人竟然出声了，也很配合地说："哎呀甜心你不能这样走。"（英国绅士真是有礼貌得不得了）原本对这个游戏跃跃欲试的妹妹，把地上的格子当跳格子玩得很开心的妹妹，在被陌生人和爸爸纠正后，瞬间就觉得这个游戏不好玩了，一脸无趣地离开地上的格子，回到妈妈身边。

姐姐跟妹妹都不玩了，于是这对英国夫妻与我道别，然后

一家人继续前行。

她们走了以后，我开始自责起来。我真是个奇怪的亚洲人啊，我到底在干什么？

我自以为热心的提醒，结果却是扫了小女孩的玩兴。因为我只从自己的想法出发，认为别人也想要好好地破解这个谜题，可是其实小女孩根本不care这个游戏啊，她只想开开心心地跳格子而已，我干嘛去剥夺人家的乐趣呢？

何况她的那一步，事后想起来，跳脱了常规思考，是一绝妙好步啊！我应该惊讶于原来还有如此创意的解法，并好好反省自己僵化的思考模式才对，但是，我却不自觉地脱口说出："你不可以这样走。"

妹妹应该觉得我莫名其妙吧，她的爸爸应该更觉得我莫名其妙吧。

当天以及旅途中的后几天，我的脑海都不断地重复播放这一幕：关于我不但没有及时欣赏她的创造力，反而反过来去抑制她的这一幕恶行；关于我自以为是地认定我解开谜题的方式就是"标准答案"了，以至于我看不见其他的可能性，不但没有意识到那个可能，甚至还反射性地去纠正他人的这一幕。

让我想到大学体育课的网球课，光抛个球就要花两三节课来练习，接下来挥空拍的姿势又要练个两三节课，不断检查脚要打开几度，上抛要多高，然后持续着练习空动作。

后来我碰到一位教练，同样是学习网球，他却早早就让同学碰球练习，因为他觉得要有球，才会好玩，好玩，人才会有兴趣，有兴趣，才会学得好。另外他在教的，是一种心态：就是不要管那么多，用力地打吧，每一球都用自己身体的感觉，尽全力地去挥击。他说在学习初期，就要有追求速度跟爆发力的习惯和想法，若一直在意自己的动作是不是“标准”，反而有点束手束脚，未来就算动作一百，你的爆发力也出不来了。

当时我听了之后，有醍醐灌顶之感。是啊，以前总认为要把标准动作先做好，再来打球。但是空手练习枯燥无聊，很容易就扼杀掉一开始学习的热情。而且就算把空手动作练好，到真正碰到球时，又是一种新的情境，动作还是很可能走样。

“可是那个某某某说一定要从这边开始唉。”
“可是那个谁谁谁说这种方法是错的。”
“这样不是标准的学习啦。”

关于学习，我们有好多的道听途说。不管是学语言、学音乐、学运动、学投资，甚至是在人生方面，健康的学习，爱情

的学习，都有好多人说的好多话，而奇怪的是，每个说话的人都强调自己的方法才是正确的，每个人都说只要你照着做，一定可以成功，而更奇怪的是，这些话语和方法甚至是互相矛盾的。那到底要听谁的呢？

我们总是在追寻一个标准答案，一个可以普世套用在所有人身上的准则。

只是我们都忘了
那个答案
是要先透过认识自己、了解自己
然后，才会知道自己到底需要和适合的方式是什么

他的方法不一定适合你，适合你的不一定适合我，我们要寻求的不该是“标准答案”，而是自己。就是因为对自己的认识不清，才会让我们看不清真实存在自己身边的亮点，让我们容易陷入相信星座、塔罗、风水、命理等似是而非的话语，陷入别人嘴里的虚妄，陷入自己吓自己的比较里。

在旅行中找到更好的自己

马克

由于没有做功课，所以关于要如何从一个城市移动到下一个城市，我都是到了当地才开始思考这回事。这已经成为一种自虐的坏习惯，不管做什么事，总是喜欢把自己逼到很紧绷，在最后一秒的时候才拆除炸弹，让自己去感受那种（不必要的）不安、焦虑与刺激，好像这样才有活着的感觉。

在维也纳的这几天，我也活在这种焦虑与不安当中，因为没有在欧洲搭过火车移动，也不知该如何使用手上的通行证，而且几次顺道前往车站探勘，服务台都已经关闭；自己看时刻表也看不出个所以然，不知道要去哪里搭车，当然也害怕会坐错车。

由于事先在台湾买好的火车通行证，必须在到了当地后，让当地站务人员在票上盖章，通行证才算是正式生效。可是前几次的拜访，都无缘拜见站务人员，直到要离开维也纳的当天，也就是要使用火车票的当天，我们的票都还没被盖上章，

让我超级焦虑的点是，当天是复活节假期的星期天。

你要知道，星期天的传统欧洲，是《我是传奇》（一部科幻电影）中的《我是传奇》，简直像戒严和宵禁一样；他们谨守着上帝的话语："但第七日是向耶和华你神当守的安息日。这一日你和你的儿女、仆婢、牲畜，并你城里寄居的客旅，无论何工都不可做。"[①]所以我真的非常害怕火车站负责盖章的人，当天也不做这工了，若没有他盖章，我们的车票就不能用，车票不能用，我们就不能搭火车，不能搭火车，就无法移动到下一个城市，不能到下一个城市……

也没差啦，多付一天住宿费就是了。

烦恼了这么久，累积了这么多的害怕与恐惧，最后的结局是：车站有开门，顺利地盖了章，我们搭上火车，前往布拉格。之前心中所有的小剧场，无头苍蝇与热锅蚂蚁，全部都是杞人忧天式的自寻烦恼。坐在火车内的六人包厢内，我大大地吁了一口气。

① 《圣经》出埃及记20：10。

我拿出手机传短信给Apple，告诉她我们成功地搭上了火车，也感谢她这几天的招待。

“超感谢你的短信，我也刚整理好我的行李晚些我也要出门去旅行@，@一切顺遂，平安！祝你们在旅行里发现更棒的自己。 Love, Apple”

收到Apple的回复短信后，我对“在旅行里发现更棒的自己”这句话感到困惑，于是又拿出了录音笔，与吴玛丽开始对谈。

“旅行真的可以发现更好的自己吗？我怎么觉得越认识自己，只会看到越来越多糟糕和不堪的自己呢。同样的事件一犯再犯，每次都为一样的事情感到后悔，这些令人厌恶的性格上的缺点，就像流沙一样，把我困在里面，就算挣扎，也是徒劳啊。”我沮丧地说。

“可是如果旅行让你意识到了这些缺点，不是就可以去改正吗？改正之后就变成更好的自己了啊。”这趟旅程中最让我惊讶的地方就是悲观天后吴玛丽在旅行的时候正面乐观得不得了，跟平日的她判若两人，俨然是个心灵导师。

“你看我在迷宫制止小女孩的时候，那句话是不经意就脱

口而出了，所以这没办法改啊，因为当我意识到的时候，话就已经说出口了，它们就像绕过我的大脑直接反应一样。”

“电影《全家就是米家》里说，当你没有勇气把话说出口的时候，只要深呼吸，数一、二、三，然后走向前直接把你想说的话讲出来；你也可以这样做啊，只是试着反过来执行，数一、二、三，然后不要把话说出来。”

三思而后行，好基本的道理啊，只是我到现在都还没学会。

心灵导师就在火车包厢内对病人施以循循善诱，包厢内还有一对安静的中年夫妻；对比于我们不断地在讲话，他们十分安静，只有问对方要不要喝水，要不要吃三明治之类的简短问句。

嗯，到底在旅行当中能不能找到更好的自己呢？我没有找到更好的自己，但是我的确看到了更好的吴玛丽。

心理咨商

♀玛丽

这次的中欧之旅，充满着许多人生的初体验，例如搭乘欧洲火车以及坐在餐车里头对着外面无边际的草原发呆。

从维也纳前往布拉格的火车中，仿佛不用钱一样的暖气很容易让人陷入昏睡，就在我吃完小点心配着火车轻微晃动摇摇欲坠的同时，坐在对面的马克突然用殷热的眼神盯着我、然后掏出了他的……录音笔。

那只阴魂不散的录音笔，而且已经装好新电池的录音笔。

我再度使出我的拿手好戏，就是用一双死鱼眼盯着马克发呆，但他很快就识破我这不痛不痒的小技巧，甚至粗鲁地跳过前戏，直接开门见山地说来谈心吧。

这次的对谈主题是：在旅行中是否能发现更好的自己。

我的直觉反应当然是肯定的，只要你有意识，人生不就像是旅行的放大版，我们有意识地前进成长改进，自然可以成为更好的自己。

在这次旅途之前，我是个爱规划的旅人，今天要去的景点分别花费多少时间，点与点之间的移动方式有哪些，甚至连餐点最好都事先决定好，这种有计划的旅程才能使我安心。但这次不同，我学习放宽心地慢走慢活，不要杞人忧天地烦恼明天该怎么办，空白的一天也许会出乎意料装得更多，这样子的改变不啻是一种进步吗。

学过辩论及详读过正确谈判技巧相关书籍的精英分子马克开始他的辩驳，使用的实证是我们在维也纳熊布朗宫发生的切身案例。

熊布朗宫非常之大，撇除参观皇宫之外，还有动物园、树篱迷宫等等配件，老实说光是在里头的广场狂奔就可以耗去很久的时间，就算不参与这些，你也可以进行微爬山抵达上方的凯旋门，那里有大片草坪供人晒太阳发呆，你可以坐在上头远远地俯看不真实的美泉宫。

而在出发之前我对于熊布朗宫内的树篱迷宫早已跃跃欲试，这里的迷宫不只是单纯的前进后退左拐右转，在许多的死

路尽头处也设有趣味的互动装置，或是一些让你动动脑的小游戏。

其中有个跟数学有关的游戏，我跟马克低头研究了许久，还反复阅读确认一旁的游戏规则，可惜我们不管怎样都无法破关，找不到一个对的方式。

这时一对英国父女也加入了挑战，他们甚至没什么看规则就凭自己的感觉玩了起来，我边看着小女孩开心地跳来跳去边

女："你觉得已经拍好了吗？"
男："嗯，我听到快门声了。"
摄于熊布朗宫。

琢磨破关方式，当时我心里悬悬念念的只有一件事，就是要比马克早破关，然后用鼻孔对他喷气：“哟～不是很聪明吗？这也过不了关啊！”

就在我要想破头的时候，身旁的马克突然一个箭步上前跟爸爸搭话，他针对这家人天马行空的玩法提出了严格的指正：这个游戏只能横走或直走，不能走对角线。

让我们再回到那个有录音笔的火车车厢里，马克提起了这个故事，他厌恶这样好管闲事的自己，谁说游戏只能这样玩呢，谁说他们不能自创玩法呢，如此强制地要求人活在框架当中，是思维僵化。

而他以前就认知到这样的自我，不只一次地想要改变却无法改变，更无法原谅的是，在旅行中还落实加深了这样思维僵化的自己，这样还算是在旅行中发现更好的自己吗？只不过是更加体认到糟糕的自我而已。

一方面我觉得马克真不愧是个啰嗦的精英分子，没事就爱强调鞭策犯错的自己，另一方面我敷衍地说着，人本来就不容易改变，所以才要慢慢学习……这种自己现在写出来都觉得虚假的鸟话。

总之，这次的火车对谈我们找不到一个平衡的共识，但这样了的对话模式让我想起《爱在黎明破晓时》，于是我匆匆撇下他独自前往那节梦幻的餐车寻找伊桑·霍克。

坐在铺着白色桌巾的餐桌旁，我假鬼假怪地喝着米朗琪咖啡，边悼念着我逝去的维也纳，边看着窗外飞逝的草原还有草原，五分钟过了、十分钟过了，没有人跟我搭话，甚至我自拍的时候还偷瞄到隔壁桌用奇怪的眼神看着我，COME ON！台湾村妇没体验过火车餐车，自拍纪念一下不行啊！

浪漫的邂逅果真只存在于电影当中。

但为什么我只能被动地干坐着等人搭讪呢？这是思维僵化。

火车餐车跟电影里面长得一样。（废话）

Vienna

我揚起萬千風帆♪

告訴你我好孤單♪

在幽幽藍藍多煩惱多惱河♪

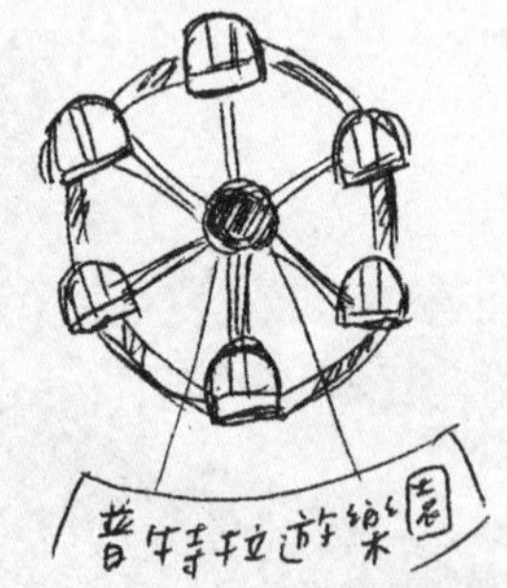

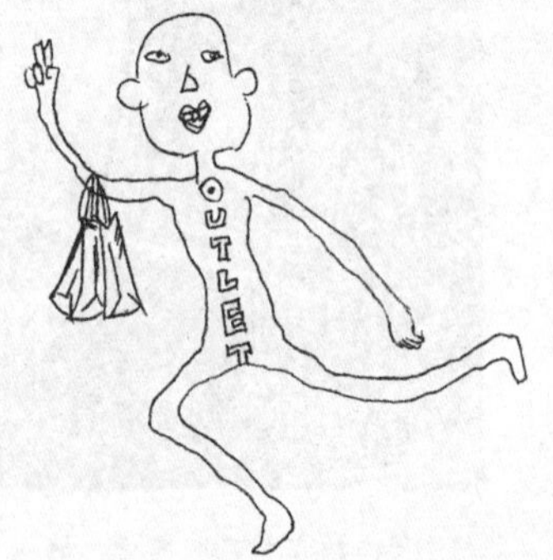

史蒂芬大教堂

克林姆「吻」

藝術史博物館

百水公寓

維也納森林

Naschmark市集

第2章 布拉格 *Prague*

Mary：“买一台Segway给我！”

Marc：“我那天在东区看到有人骑一个很像Segway的东西，但是更小台！”

Mary：“买一台Segway给我！”

Marc：“昨天我回家的时候看到有人在路上滑滑板，速度比我骑自行车还快。”

Mary：“……”

白开水般的友情

♂马克

我是一个赌徒，我的人生梦想之一就是希望可以成为一名职业赌徒。

我知道“十赌九输”，我知道“赌博会令你倾家荡产”，我知道我知道我都知道，但你不觉得其实我们每天做的选择，都是在跟概率打交道，都是一场场的赌局吗？

当我们做出选择时，经济学把我们没有选到的选项称为“机会成本”，意即你为了这个选择所放弃的其他东西。但是每个被你放弃的“机会”，同时也都蕴藏着各种“可能性”——可能会影响你往后的人生，进而让你成为不同的人的可能性。（在此顺便推荐电影《倒带人生》）

这不就是赌博吗？用现在的决定与未来对赌。赌上自己的时间与一个人在一起，希望得到的报酬是那个叫做爱情的东西；控制不住口腹之欲，想吃下眼前的垃圾食物，赌注是长久

以后的身体健康。今天出门要不要带伞是在与天气对赌，偷鸡摸狗打混摸鱼，是在赌不会被人发现。基金、股票、期货权证不动产等以投资为名的所有事情，都是着眼于未来可能的报酬，而在地震带上兴建水库与核能电厂的决定，也是一种拿百万人的生命去与大自然对赌的概念。

反正活着，就是在赌，赌着自己，甚至是他人的未来。

日常生活的选择，每个人天天都在打这种赌，不过说到真正用钱去玩的赌博游戏，在台湾是不合法的，所以邻近的澳门就成了我日思夜想的休假胜地。我的一则疯狂记录是与电台同事同游澳门，只订了机票没有订住宿，因为这趟旅行我哪儿都没去，就只是没日没夜地在各大赌场中度过了三天。（完全不是休假啊，比工作还累）

去年又有电台同事抽中了澳门机票，所以向身旁友人探问有没有人想同行，可一起分摊住宿费用。我心中的赌博之火马上熊熊燃起，马上说我想去我想去。啊，但是要怎么跟女友开口说我要跟另一个女生出国呢？就算心里完全没鬼，就算行程完全分开，就算女友R对我完全是一副无所谓的态度，可是一个有女友的人想跟别的女生出游，这样可以吗？

还是有点难以开口啊。

Anyway，男生就是这样搞不清楚状况，就算心中已经隐约知道不妥，却还是要问出口。这种明知不可为而为之的气魄，大概就是我们深受儒家文化熏陶的铁证吧[①]（挺胸）。经过内心百转千回的思绪纠缠后，我小心翼翼地选择一个自以为自然的时机脱口问她："唉，我可以跟Maggie去澳门吗？"

然后不等她的反应，马上自顾自地接着说："啊我们行程是分开的啦，我都只会待在赌场里。""我跟Maggie是普通朋友，一点暧昧也没有，你可以不用担心。"巴拉巴拉讲了一大堆好像为了要增加说服力的解释，但其实是在掩饰自己明知不对却还要问的心虚吧。

听完后R很平静地回应："好啊。"一如往常。接着若有所思地说她也想去香港找刚分手没多久的前男友，反正现在她们是朋友，造访外地如果有朋友可以带你四处晃晃不是很好吗？

唉！等等等等等等等等等等，我想想。

NONONONONONONONONONONO，不行啊！这怎么

① 知其不可而为之。语出《论语·宪问》：子路宿于石门。晨门曰："奚自？"子路曰："自孔氏。"曰："是知其不可而为之者与？"

可以，这不行啊。

我不是“分手后还能当朋友”那派的，甚至偏激地觉得，分手后还能当朋友，只有两种可能：从来没爱过，或是从来没有停止爱过。

曾经为他心动，曾经与他一起旅行，曾经与他合而为一，曾经共享那些美好的、不美好的回忆，面对这样的一个人，要怎么把彼此的关系回到普通朋友的位置上呢？

说我心胸狭隘也好、思想不成熟也罢，总之现阶段的我，还没有办法拥抱分手后就可以完美地退回当朋友，好似一切都没发生过的普通朋友这种概念。

我觉得在感情当中的行为准则其实很简单：“己所不欲，勿施于人。”（这一篇简直是中国文化基本教材啊）只是我们常常都忘了换位思考，或是用上了双重标准。我能接受女友与男性友人单独旅行吗？如果不行的话，那为什么我可以提出想与女性友人单独出游的要求呢？

在火车上，单身大使吴玛丽对“非情人的孤男寡女旅行”提出了精辟的见解：一起出游的这两人，他们的关系要像白开水一般，才能一起旅行。

白开水一般的友情。

什么是白开水一般的友情呢？就是你们的友情，是真正的友情——清清白白、平平淡淡，没有任何暧昧或火花。不是自欺欺人式的“有情”；心甘情愿地当个工具人，默默地守护对方；明明知道他对你有感觉，却佯装不知地享受着被捧在手心上的温柔；明明对他有特别的情愫，却害怕一旦告白会连朋友也当不成；或是安慰自己与彼此，朋友才走得长久，而情人终将会分离，因此压制住对对方要满溢的情感。

这些假朋友，他们的友情是有情，更别提曾经在一起过，真正有过一段情的前男女朋友了。

变质的水就不是白开水了。

战斗民族

♂马克

火车顷呛顷呛地到达布拉格后，首要之务就是找ATM领钱。由于在台湾无法直接换捷克克朗，而捷克也无法光靠信用卡就走天下（就算是布拉格火车站的游客中心，就算是你看到刷卡机就在柜台上，他还是只收现金，他最希望你用欧元跟他交易，因为汇率是他在定），所以到当地换钱还是必须。温馨提醒：在捷克绝对绝对不要去换汇的地方换钱，因为汇率很差，而且除此之外，还会有被骗钱的心理剥夺感，让你整趟旅途的心情都变差。

说到换汇窗口，布拉格的观光景点路上，常常可以看到旅人跟换汇员大吵，因为他们板子上写的汇率跟真正换给你的不一样，当你提出质疑，他会从下面拿出另外一块板子说他是按照这个汇率换的，非常无言。当然，宝刀出鞘，不见血不回头，你一旦跟他换了钱，想要把钱再要回来，也是不可能的。所以除非你想体验一下跟捷克人吵架的快感，否则真的不建议与真人换汇。

有道是出外靠朋友，下车后我们瞄准了一组与我们同样是东亚面孔的三人小团体，是一个日本导游领着两个日本女生，于是我就怂恿木村Kaela接班人吴玛丽去问导游知不知道哪里有ATM。不过只换来导游谨慎且警戒地回应。好吧，出门旅行的确是要提高警觉，毕竟这种假问路真抢劫，或是扒得你神不知鬼不觉的案例实在不胜枚举。我们两个人拖着大行李在车站内晃了好几圈，才总算处理完所有的事情，正式踏出布拉格车站。

出了车站，不是我要说，战斗民族的脸庞，看起来真的满强悍的，明明他们只是很平常地走在路上，却散发出一种令人觉得来者不善、随时要抢你的感觉。

我觉得刻板印象和种族歧视是个很奇妙的心理→社会→心理运作机制。一开始这种内心的害怕是因为接触到了未曾遇过的新种族，大概就像阿兹提克人当年遇到西班牙人，然后心生畏惧地把他们当作天神化身一样。这种“非我族类，其心必异”的演化机制一旦启动，脑内小剧场也会跟着源源不绝地制造出让你害怕的情节。恐怖的是，害怕虽然是心理状态，却会由内而外变成一种生理状态，然后成为一场自我实现的预言。

这样说也许很玄，但是我觉得出门在外，如果能时时提高警觉却又不散发出恐惧的味道，就可大大减低遇到倒霉事的机会。

所以我一面压抑着心中的不安，一面故作轻松地与吴玛丽聊天，然后两人拖着大行李穿梭在布拉格高高低低的石头路上。再一次温馨提醒：如果你的行李箱不够牢固的话，布拉格很有可能就是它的葬身之地。拖着拖着轮子就解体了是非常可能发生的事，请务必做好心理准备。

布拉格超市自动结账中。

话说当初找住宿时，只考量了房型内容、价格以及交通移动是否方便等三件事，到布拉格后，走着走着才发现，往我们住的公寓路上，那附近的区域看起来有够恐怖；一楼的店面大多都是空的，墙壁和玻璃满是丑陋的涂鸦和喷漆，窗户有够脏，年久失修，一切就是个一团糟一团乱。

更别提迎面走来的人，穿着hoodie（连帽衫），戴着帽子，双手插口袋，帽子戴歪歪，在人烟稀少的大街上，感觉随时走近，一伸手就要给你一刀。只能庆幸我们是在午后抵达布拉格，不然这幅场景如果出现在午夜，我自己就会把自己给吓死。

肉的触发

♂马克

初到一个城市也还没想要去哪里，不如就先去超市补给这几天的粮食，顺便到处晃晃。在我们搭公交车前往超市的路上，经过个地方看起来真是热闹，人就是喜欢看热闹，人潮会吸引人潮，所以我们就跳下车了。

由于正逢复活节假期，所以布拉格当地也有复活节市集，除了可逛可吃之外，还架起了大舞台，在周末会有歌手乐团的演唱表演。

市集上一整排的食物看起来都很吸引我，大香肠堡、捷克的传统小吃烟囱卷、一整锅看起来色香味俱全的炒饭炒面，主食正餐副食甜点全部都有。饥肠辘辘的我在食物中穿梭，而吴玛丽则是被不同的食物给吸引了。

她看的是对面摊子的帅哥。

那位军装外套帅哥正在排队买吃的，只见吴玛丽鬼鬼祟祟

拿手机靠近，想去啪啪啪（手机照相的声音），但是偷拍了几张都不甚满意，所以只好跟读者说声对不起，无法为您送上可口帅哥照。

逛过一轮之后，我在烤乳猪前停了下来。这一摊实在是太吸睛了，一整只的乳猪在那边转啊转啊的，搞得我口水也不自觉地流啊流的。在旁边留连了一阵子，影片也录了，照片也拍了，犹豫不决的亚洲人很害怕踩到地雷，怕它中看不中吃，可是另一方面又对没有尝试过的布拉格小吃跃跃欲试。

那些头脑中的怀疑与不安，很快就向身体的本能屈服了。结果我抱着分量过多的烤猪肉与土豆，懊悔地找了个溜滑梯旁的空位坐下。这一盘，花了约莫台币八百元。

怎么会有这么贵的市集小吃啊！然后怒吃一口土豆泥后，更是怒到最高点，那是什么酸酸的口感啊，简直就像放久了以后臭酸的味道。

吝啬小王子因为花了预料之外的钱而感到懊悔与难过，再加上手中捧着沉甸甸的一大盆难吃的土豆，失望、愤怒、后悔等情绪交杂而来，给了我两点小触发：

第一，人家明明就有牌子写着猪肉多少克多少钱，土豆泥

随着旅行天数的增加，吴玛丽的脸也一天比一天圆了。

多少克多少钱（虽然牌子不甚显眼），你自己不先好好想好要买几克，或是要买多少元，只说了“我要这个、我要那个”，然后就这样任人宰割，这种论斤秤两的东西，你看大叔切肉剁肉的时候切得很开心，然后愉悦地心想：“哇，给我这么多啊。”是啊，因为之后你就是要付出这么多的钞票让他数，大叔看着你从钱包里拿出一张接着一张钞票时也是格外开心的。

小触发之一：总是要先想好自己要什么，才去与人互动。确认自己要的东西是自己的选择，到时候如果结果不合意，也不要去怪别人，因为要怪只能怪自己。

就像找了个烂工作，或遇到个烂情人，很有可能是你一开始就没想清楚你要的是什么，而造成现在这种难以收拾，想走也走不开，想放又放不掉的进退两难局面。

第二，关于那吃起来像坏掉的土豆泥；当我开始一口接着一口地大口吃肉时，瞥见肉旁那不讨喜的土豆泥，虽然不情愿，却又因为不想浪费食物而勉为其难地再去吃它。不过这次，当我把土豆泥放进满是乳猪肉的嘴里时，天啊，那就像是《倚天屠龙记》中，赵敏精心设计的醉仙灵芙配上奇鲮香木一

般，只是它们两者相配所产生的不是剧毒，而是绝佳的口感啊。Oh My God。过咸又油腻腻的烤乳猪，配上带着酸味却清爽的土豆泥，我简直就是食神的评审上身，忍不住地大叫了声：“好！”

小触发之二可以是非常陈腔滥调式的：对于一个你不喜欢的人或事情，给它第二次的机会吧，因为也许你看不起或不喜欢的人事物，在不同的情境下会有意想不到的发挥。

或者换个方式说，下次当你在爱情中遇到臭酸宅的土豆泥时，先别急着评断拒绝疏远逃离他，也许他就是配你这种闪亮亮娇滴滴又重口味的红肉的天作之合！

布拉格的第一天

To BUY or not to BUY

♀玛丽

旅途的第二站，我们抵达了布拉格。

从火车站一出来就感受到太阳的热情以及危机四伏的石板路，我对于我的行李箱可以经过重重考验感到欣慰。在此，温馨小提醒又来了，请事先查询旅游当地的路况，相信我，在石板路上面临行李箱轮子报废绝对会荣登旅游三大衰事之一。

开心地check-in之后我们马上出门去探险兼觅食。

在布拉格有许多各式各样的小店，里头贩卖的可能都是店长自己手工制作的商品，其中我在查理大桥附近的傀儡木偶店里陷入了旅途中第一次的左右为难。

对于傀儡木偶的刻板印象总是一些恐怖娃娃，将来你丢掉它，势必会被它追杀的那种。可是这间店的木偶做工非常精细，每个活动关节包括服装都很精致，木偶的表情生动可爱到让我看了爱不释手，仿佛回到小时候逛百货公司抓着芭比娃娃不放的那个女孩。我像是鬼打墙一样走不出这间店。

这等细致的木偶是需要付出代价的，我记得一个约莫要价台币六千到一万之间不等，我一方面想着究竟买个傀儡木偶回去干吗，一方面又觉得遇到自己这么喜欢的物件，而且错过这个店之后不再有，能放过它吗？

通常这种时候你的旅伴必须扮演一个重要角色，理智地劝你不要买个看起来像被鬼附身的娃娃，或者感性地帮忙劝败都行，反正选定一个角色就是了。偏偏马克用不温不火的死样子说："看你想不想买啊。"说完就转身离去，一点建设性帮助也没有，要不你就当郑中基，要不就是张学友，少在那边A段想当郑中基副歌换唱张学友！①

其实我不太明白，在旅途中什么样的纪念品是可以买、什么是不能买的，是不是除了衣服食物这种必需品，其他东西都属于买了会后悔的呢？可是如果往后每看到这个物品就能回想

① 1996年郑中基与张学友合唱《左右为难》一炮而红。至今仍是KTV排行榜上热门歌曲。

与其让我们吊着，不如带我们回家吧，会带来好运的喔。

起当时的美好，那不算是最大的值回票价吗？

而值回票价的定义又该怎么说呢？

出发之前我无意间在网络上看到布拉格的黑光剧介绍，许多游记当中都使用一些相当浓重的字眼形容它，例如：一定要看！不容错过！等等。

所以在台湾我就已经事先上网订好黑光剧门票，深怕错过这出演员在黑暗中身穿萤光衣搭配着音乐华丽展开的神秘舞台剧，订好票的同时就殷殷期盼着直到排队入座时我们都还充满尝鲜的兴奋感，甚至因为太兴奋让我坐立难安到屁股痒痒的。

直到第一个演员萤光现身，我的心跟屁股都一沉了。

马克向来是勇于表达自己意见的个体，因此在这出剧的进行中，不时可以听见他在不寻常时机点发出如老鹰般的突兀笑声，再者还有按捺不住的嘲弄讽刺：“男演员该减肥了吧！”“这到底在搞什么？”以及结束之后无穷无尽的白眼。

记得演员谢幕之后，我们两个人除了偶发的诡异笑声，没有太多的对话。

我个人是觉得没那么糟糕，纵使网络上有些评语美好得令人匪夷所思，反正就把它当成另类版的《创：光速战记》[②]就好了啊。

看到如此不合自己胃口的戏剧固然让人愤怒，可是事后当我们回想这趟旅途时，黑光剧不只让人印象深刻，甚至让我们在讨论的过程中充满笑声，这样不算是值回票价吗？

② 一部电影。

两光剧[1]

♂马克

吴玛丽虽然嘴巴上说这趟旅行她什么都不管，不事先计划景点，不事先找餐厅，不事先订票。讲是这样讲，但她忍不住在网络上看了路人的布拉格游记，然后连连连连到了黑光剧剧院的网站，然后被网页上炫丽的照片给迷惑，然后脑弱地订了票。

黑光剧是什么呢？黑光剧是一种剧场的表现形式；黑是指在一个全黑的剧场、全黑的舞台，光则是指利用紫外线和萤光戏服与道具，创造出各种视觉的效果。通常舞者会身穿特制的全黑服装，所以在全黑背景下，他们像是隐身一般，让观众看不见，然后当UV Light打开时，由于人眼无法看到紫外线光的波长，所以虽然有光，但是在视觉上，舞台上还是全黑，而此

①台湾俚语，很烂的意思。

时台上演员的身上，却会因为感应到“黑光”（紫外线），所以身上的戏服和道具开始发出萤光，然后演员再利用萤光来模拟出动物或昆虫的形体。

在布拉格的老街区，到处都可以看到小店的外面用小黑板写着“black light show tonight”。从前，布拉格的知识分子会利用黑光剧来传递批判性讯息。在20世纪90年代，许多的捷克艺术家致力于推广黑光剧，使布拉格现在成为黑光剧的首都。

我必须要说，我实在非常喜欢布拉格，风光明媚，气候宜人，食物好吃，物价便宜，再加上整个城市充满了活力，夜生活丰富。但是，黑光剧真是雷中之雷，是我在布拉格的一个污点。

剧院网站上的照片看起来很酷炫，加上表现形式特别而且有名气加持，表演内容又是现代又是芭蕾又有特技的，讲得好像跟太阳马戏团一样充满艺术性，但是我要告诉你，完。全。不。是。那。么。一。回。事。

六百人座位的中型剧场，不划位，采先到先选位的方式。他们的票房很好，每天的演出都是满场。我们看的那场秀，除了从世界各地远道而来的游客之外，还有很多像是来毕业旅行的初中生。年轻人出来玩很兴奋，男男女女打打闹闹，互相丢

纸团、隔空叫嚣好不开心。但对其他的观众来说，看他们调情是很让人讨厌的一件事，尤其当我们的心理状态是准备好要欣赏一场极致的艺术飨宴时。

于是观众中开始有人出声制止青少年，“Quiet.”“Shhhhhh!!!”希望这群吵闹的初中生可以好好坐好，不要把整个戏院的class给搞low了。然后节目开始。令我傻眼的节目开始。

它是个娱乐性的趣味表演，不是什么很炫很酷、富有艺术性和深度人文沉思的东西。一开始由三个演员演荒谬默剧与观众互动开场（大概是康辅社等级），但是节奏略嫌冗长沉闷，耐着性子总算结束了这一小段闹剧，灯暗，来了来了，真正的黑光剧总算要来了。

呃……可是对不起，当舞者出场的时候，我真的忍不住地“噗嗤”笑了出来。光舞者的体态就让我频频笑场，对身体的控制也不够精准。如果你平常就在看戏看舞，建议可以把那个钱跟时间省下来去吃顿好的。因为这种水准的表演，真的让人有点无言……

一段舞蹈结束后，又是闹剧上来串场。无声的闹剧负责故事轴，然后一段舞一段戏地交叉呈现。看到中间，我不断被这种让人哭笑不得的表演弄得频翻白眼，同时为一开始被其他观众出声制止的孩子们感到同情。因为这种秀，真的不是什么要你正襟危坐、严肃看待的表演，康辅社的搞笑短剧，本来就是让人放松心情、嘻嘻哈哈地来看啊。

若你现在上网搜寻“布拉格 黑光剧”，可以马上找到好多网志与心得文。有些人觉得昏昏欲睡，整体来说不值它的票价；有些人则说，如果你喜欢艺术的话，绝对不能错过。这让我想到之前在周刊上看到一篇黄子佼的专访。

他说，曾有一个朋友告诉他某家牛肉面很好吃，但他吃过以后，觉得真难吃。后来那位朋友又告诉他某家火锅很好吃，他去吃了以后，发现也只是还好。为什么会这样？他归咎于这位朋友的资料库太小，因为朋友只吃过十家牛肉面，所以他的好吃只是从十家当中选出来的……[2]

所以下次当你在网络上搜集名店资讯时，虽然“大家都说赞”这种群众智慧不容小觑，但也很有可能不自觉地犯下诉诸群众的谬误（排行榜效应）。况且，你不知道网络上的人他们每个人的资料库容量如何啊，说不定他们敝帚自珍的推荐，在你见识不凡的卓越眼光下，完全不值一哂啊。

---

② 孙蓉萍，〈黄子佼：不让给我机会的人失望〉，《今周刊》，第956期。

黑光剧

全面启动

♂马克

到布拉格的第一天，就看到了三个骑Segway的人，一男一女像是游客，另外一位绑着辫子头的黑人则是导游。他充满能量又亲切地向身边的游客介绍景点，浑身散发出来一种让人想亲近的感觉，感觉跟着他的导览，会是很有趣很来劲的一件事。

黄昏的布拉格，遇到辫子哥也就是一天当中很普通的几分钟，称不上是什么高光时刻（highlight moment），但没想到在这平凡无奇的几分钟，他已经在我的潜意识中植入了一个想法，一个我要在布拉格骑Segway的想法。

在布拉格的黄昏中，I am an old man, filled with regret……[①]

① 来自于电影《全面启动》中Saito的台词。

说到regret，我想到过去的一段旅行经验。当时一个人在西班牙马德里的hostel遇到了个日本人，晚上小聊了一下就决定隔天一起去托雷多一日游。

关于托雷多这个城市的印象已经不多了，反而最记得的是日本同伴在车上跟我聊天的内容；他说他旅行的原因，是因为不想待在日本，因为觉得日本实在是太腐败了。至今他说这话时那张不屑的脸，还是深深地印在我的脑海中。

另外关于这个城市的印象就是，虽然她是个保存完整的中世纪古城，但是在这个世界文化遗产的城市中，古色古香的城墙、门壁却到处充满了丑陋的涂鸦。那些到此一游式的签名，丑到让人痛心啊，喷在石头上也清不掉，而且随处都是。

最后一件印象深刻的事就是，当我们沿着古城小径走到了

托雷多最著名的大教堂前，发现入场的门票要七欧，我的日本同伴说要不要进去看我，他都可以，我在想要省钱跟想要进去参观的天人交战中，最后选择了省钱。

至今他说都可以的语气和耸肩的表情，也都还深深地印在我的脑海中。

一直到现在，这件事我还是常常想起；难得飞过了半个地球，怎么会为了那几百块小钱，就留下一个后悔呢？

当然那里面可能也没什么，就算花了钱进去，未来也不会记得。何况西班牙的教堂何其之多，一路上我已经看到要吐了，应该也没差这一间吧。但是这些都只是安慰自己的后话，只是为了自己说服自己的选择是对的，才在事后赋予的意义；可是，如果真的是对的，为什么我一直会有这种留下个遗憾的感觉在心头萦绕不去呢？

另外有种自我安慰的说法是，就是因为留下了遗憾，所以才有理由告诉自己未来还会再回来。在一个地方，一个人身上，留下些未完成的事、未实现的计划，好像让未来留下些美感，留下些期待。

但是这种浪漫的想法，完全无法掩饰我只是为了想省钱的

性格缺陷啊。因为抠门而错过的遗憾，这种感觉真的超级不好的。

所以我谨记着那次的教训来到布拉格。第二天我们去了城堡。这次我为了不留遗憾，不假思索地花钱买了套票进城堡参观。（其实还是想了一下）

那，布拉格城堡如何呢？

噢，我只留下了很模糊的印象；好像有去看那个16世纪的时候王室用来招待宴客的大厅，一个空空的、看来很简陋的空间。然后好像有去它的大教堂，内装好像很漂亮很华丽，好像……吧。

说实在的，如果不是对建筑或历史特别有兴趣，欧洲的那些教堂城堡皇宫，里面其实也都差不多。就算花钱进去看了，大多也只会在你的第二层或第三层潜意识里留下模模糊糊的印象而已。

有没有留下深刻的印象不是重点，对我来说，花了几百克朗所买到的，是当你未来想起这个地方、这件事情的时候，不会再有遗憾与后悔的感觉，这种感觉，无价。

布拉格的第二天

速度与激情

♀玛丽

走在布拉格，时常看见有一群人戴着安全帽骑着一台神秘的二轮机器，这两个轮子不是前后而是左右摆放，操控者就站在两轮之间的平台上，藉由身体轻微的施力于龙头而自由移动。后来我才知道这叫Segway，在国外很多大城市都有骑乘Segway快速游览城市的服务。

我是一个保守派旅人（应该说整个人生都很保守），除了事先做好的计划行程，很少会突如其来地尝鲜，一来害怕失败，二来害怕失败。就拿Segway来说，单我一个人是万万不可能去尝试的，有太多的隐忧会在我脑海中打转。

万一我没事先查好被坑钱怎么办?

万一到时候学不会使用Segway怎么办?

万一其实很无聊怎么办?

这些想象会不停反复播放导致最后就如同真实发生过一样。

但马克在路上看到其他人玩得不亦乐乎，也开始动起他的少女心，积极地去询问相关时间跟价钱后回来问我想不想试试看。老实说我很害怕，我怕平衡感极差的我根本无法驾驭Segway、也怕届时根本听不懂前方导游在说什么，种种的不安让当时的我飞快地拟出许多借口蓄势待发准备劝退马克，例如价钱太贵、对方安排的时间太早等等，可是下一个瞬间我又逼自己把这些借口都吞回去，因为一旦说出口了，我不就变回那个只爱待在舒适圈的自己吗，令人厌恶。

记得当时我吱吱唔唔地问马克一些跟心中所想完全相反的问题。

明明想说隔天透早九点哪个肖仔要骑Segway啊！却变成："那、一团有几个人一起骑呢？"（天真口吻）

明明想说我英文这么烂是要怎么跟导游聊天！你自己英文好就不管我死活吗！却变成："那、我们要选一小时还是三小时的行程啊？"（佯装苦恼）

就这样，在距离Segway预约门市100米外的人行道上，我跟马克有些落拍的对话着，最后我视线看向右下方15度，有点潇洒地说："好啊，就预约吧！"然后就跟在马克的屁股后前往填写预约单了。

RED
WOLF
SEVILLA
BOSTON
FIGA!
BANGARANG
2014

隔天早上的Segway初体验，烦恼成真了，我果真听不懂导游在解说什么。当可爱的导游在景点旁生动地描述一些历史或小故事时，同行的大家都爆笑出声，只有我愣在当下慢半拍地跟着傻笑，脑中不停地想刚刚导游说的哪些单词是我有印象的，仿佛跟大家处在平行时空当中一样魔幻；而且我的破英文还常让我误解导游的说明，像是我以为导游在说以前国王搞外遇不认真治理国家，后来才发现刚刚说的内容里根本和感情完全无关，只是单纯地在叙述战争而已……[①]

但是这样的落差完全没有影响到我的心情，因为Segway实在是太、好、玩、了！比我七岁时的摇摆滑板车还好玩！比我十二岁时的弹跳棒还好玩！比我二十岁时的飞轮还好玩！

当你可以用Segway轻松地在石子路上奔跑甚至疾速前进快速游走各大热门景点，也能毫不费力地一路上坡，以及漫游在双排樱花树下沐浴一场樱花雨时，还有什么可以让我不开心呢？我不在乎导游到底说了什么，也不介意总是慢人半拍捕捉笑点，用Segway吞食布拉格，是最美妙的进食方式。

---

① 谢谢马克，他会在导游完整解说之后，抓空档翻译方才的内容给我听，也因此让我震惊地发现原来自己常常活在自己的幻想史实里。

有些遗憾的是，如果可以在安全帽上架台摄影机记录全程就太完美了，虽然我帮马克拍了帅气照片，可是他大概只帮我拍了一张半，因为胆小的他双手紧握龙头不敢松手，全程速度也十分龟慢常常呈现快要脱队的状态，如此怯懦的他跟前一天雀跃地想跳上Segway的样子完全是两种情形。

结束Segway之旅，我们随意在巷弄中挑选的餐厅食物也美味到不行，这一天我才活了五个小时，五个小时都是满满的快乐，这时没来由的罪恶感让我突然想起了我的母亲，不知母亲是否安好。

在出国前我特地教导母亲如何使用通讯软件，她信誓旦旦说可以搞定，但旅途已经进行快要一半，我对她丢出的讯息始终无回应，甚至连已读都没有，我可以说是跟家里几乎完全失联。趁着餐厅有无线网络的时候，我拜托表哥帮忙让我跟母亲视频，殊不知当我雀跃地想分享今日我最乐的心情同时，手机屏幕上出现的是母亲半酒醉的样子，是的，她又喝醉了[②]，而且因为画面累格的关系，她看起来醉得更厉害了。

② 我母亲的嗜好是喝酒，日前已略略略有些改善。

跟酒醉的人话不投机，我只好使出网络不稳定的招术，结束这个回合。

↑同团的Segway旅人。

←正在练习中，紧张到屁股夹紧紧的Segway新手。

Segway

马克

出国旅行就像当兵，三餐正常，早睡早起，很容易就养出一张福态的脸，你看吴玛丽就知道。（哦不，吴玛丽在校稿时，把不利于她的圆脸照都给删光了，再次向读者说声对不起。）

平常吃饭不定时不定量，每天熬夜，作息日夜颠倒，还偶有睡眠问题，但是一出国，这些一切都没问题了。

但对我来说有个唯一的小麻烦是，每天出门大量运动似乎让我的肚子很容易就饿了。早上出门前，才吃完一顿丰盛的早餐，可是才过没多久，很快我就想要再进食了。所以为了以防路上没东西可吃，我每天都会背着一堆食物出门。

在布拉格，很多广场及公园都可以看到一个像邮箱的东西，从它们的下面可以抽出一个牛皮纸袋，就算你看不懂捷克文，从图示上也可以知道那是提供狗主人装爱犬“黄金”用的。

这天我装食物的塑料袋破了个洞，正苦恼粮食会不会把背包内弄得一团乱时，我看到了路旁用来装狗便的牛皮纸袋（拨竖琴的声音），那对我来说，真的就像黄金一般地在发光啊。

于是台湾马盖先马上就抽了好几个狗便袋，并且分装好我的食物继续上路。从布拉格开始，它们陪伴了我整趟的旅程，除了装食物之外，那个纸袋的大小和厚度刚刚好可以用来装明信片，完整地保护了明信片不会被压皱和折到。我的钱也都放在里面，让它名副其实地是个“黄金袋”。

当然最精采的部分，还是当我把巧克力面包从纸袋里拿出来放入口中的刹那，那一瞬间我体会了当Lady GaGa原来是这种感觉，她所要承受的众人目光原来是如此的炙热。

怎么了，没看过人吃屎吗？

吃完屎后在查理桥下闲晃，竟然又让我遇见那位辫子头黑人哥。在布拉格也一阵子了（明明才第二天），发现有很多提供骑Segway游览布拉格的公司，不过这两天的路上看了这么多经过的导游，还是只有辫子哥的热情打动我。所以这次命运般的相遇，让我兴奋异常，我马上转头问吴玛丽想不想骑Segway，我想去搭讪辫子哥。

吴玛丽看我这么想搭讪人家，就鼓励地说：“去啊，你就去啊。”然后她继续去逛她的街。搭讪的过程很棒，但是问完的结果让我很沮丧。因为骑一趟Segway，要价1,000克朗。

我把这令人心碎的消息带回去告诉我的伙伴，没想到她竟兴味盎然地问起细节：“早上这么早噢，那这样我们要几点起床呢？”什么，没想到爱睡觉的吴玛丽竟然无视要比平常早起很多此一事实，认真地在考虑要骑Segway。大姐，那可是1,000克朗啊，1,000克朗！我是个连七欧元的入场费都不想花的吝啬鬼唉，现在要我吐出1,000克朗（差不多是37欧元）去骑一个小时的Segway，这不是要我的命吗？

看着我的伙伴她闪闪发亮、跃跃欲试的眼神，我想起了妈妈在出门前叮咛我的话：“都出国了，该花的就要花，不要为了省钱而饿肚子，妈妈给你这些钱，你要记得带玛丽去吃些好的。”语毕，交给我一个里面装着200欧元的牛皮纸袋。

狗屎都吃了，还有什么做不到的。于是我心一横，牙一咬，好吧，看你这么想骑的样子，身为超完美旅伴，就算视钱如命，也只好舍命陪君子了。

付钱后，内心其实十分忐忑，害怕如果我根本就不会骑怎么办；另外由于辫子哥说他是西班牙文导游，所以公司会帮我

们安排另一位英文导游来讲解。可是我当初是看上辫子哥的热情和生动的啊，如果明天的导游很糟糕怎么办。各种负面念头排山倒海而来，加上晚上又看了两光剧，更加让人心烦意乱。

到了隔天一早的Segway练习时间，我果然是有点苦手，只能心急地看着天才小飙女吴玛丽如鱼得水地转圈。导游倒是令人放心，一样是个充满活力和热情的人，还说他曾经来过台湾

学了一年的功夫，一路上跟我小聊了散打搏击和太极。用Segway逛布拉格实在是太太太太太太太太太太太棒了，那些不好走的石子路，耗费体力的上坡下坡，全部都像刀切豆腐一样地容易。

除了历史景点外，导游Honza也带我们去了一些很潮的新景点，之前想去拜访的条码宝贝、卡夫卡博物馆等，自己徒步找了两天走了好久都没找到，用Segway，不过是五分钟的路程；潮景点还包括了逃跑的企鹅和约翰·列侬墙，不过最让我喜欢的一段路，是在山上城堡背面的公园，远离了城市和游客，用身体前倾45度角在落花下奔驰的快感，实在是太诗意了。

夜晚会发光的黄色企鹅。

布拉格第三天

相信自己

♀玛丽

旅途的第二座城市落在布拉格，离开缓慢静谧的维也纳之后，更能加倍感受到布拉格的生命力，路面公交车、凹凸错落的格子路、弯曲交杂的巷弄全都散发着热气，甚至连相同的阳光熨在皮肤上都是不一样的温度。

记得离开的那天，马克娇蹭地露出浓浓的不舍，甚至马上把布拉格列入想再次回访的旅游清单当中，还没离开它就开始眷恋它。

但其实我对布拉格的好感度没那么高，它太活泼、太有自己的味道，作为一个初到陌生欧洲国度的我来说，强烈到反而令我难以亲近，摸索不到与它共谐的频率。就像是被无预警地推入夜店的舞池当中一样，身旁的大家都在开心笑闹着，你跟着笑了，手也跟着节奏打拍子，但心底却是冷静的、有些无所适从。

不过最神秘的地方在于，即便这不是我最钟情的城市，却是体验到最多第一次的地方，例如：一人展览馆。

当时跟马克吃完午餐后在城市中散步，没什么特定的目标，或者是说正在寻找下一个目标，扫兴的是天空开始不时地飘雨，让人有些烦躁地在骑楼跟马路上交叉行走，在这种不安定的脚步中路经了一道门，我发现大门内入口右侧看板上分别有慕夏跟达利的作品挂着，更往里头还有个小小售票亭。

“难道这里在展览达利画作吗？”这是浮上的第一个念头，并且带着高度疑问，因为这个地方怎么看都不像是美术馆、展览馆、艺术中心……它完全只是栋平凡公寓而已。

但到了楼上推开门后，瞬间进入了另一个空间，全白的墙、整齐划一的隔间，达利的相关作品静静地挂在墙上、摆在展场设计过的各个角落，更令人惊奇的是，除了我们之外，大概只有一两位参观者而已。

在台湾任何大师级的展览，总是挤到让人无法专心，对于任何作品只能远望，同时得忍受四面八方嘈杂的人声，像这样自在地看展根本是无法实现的奢求。

没了时间与空间的压力，看任何事物都格外的吸收力十

足。我在摆放大量跟马有关的画作展间里停留许久，最后立定于一幅画前，手指开始在空中跟着描绘达利画马的线条，反复摸索着他的笔触，想要把它刻在脑海里，想着也许下次可以试图模仿着画出来。在我默默练习时马克靠了过来，问我是否在学他的画法，不等我回答自己又补了一句："可是我觉得你已经可以画得出来了。"

我愣住、有些受宠若惊，以为他在说客套话或是又在胡乱拍马屁，偏偏他的口气又是平平淡淡，诚恳自在到不行。

我真的可以画出来吗？我真的办得到吗？后者是我常反问自己的话。一直以来，身边的人总是比我自己更相信自己。

我觉得我没能力写好文章，朋友说你可以办得到；我觉得我的涂鸦上不了台面，朋友说这些图都是天赋创意，不能被埋没……诸如此类的情况太多，我总分不出是我太过于负面退缩还是朋友们自作主张的乐观，毕竟这些好听话说了也不用负责，加上从以前我们就不习惯大方接受赞美，总爱用否定句来接收肯定句，好像坦承自己的优点就是种自负，自负不了就只能自卑。

这方面，马克是我值得学习的对象，他坦然地欣然地毫无抗拒地接收所有正面的能量，他承认他很聪明、他承认他很幽

默、他承认他赚得很多、他承认他不停地在股市里成长，马克拥抱自己所有的优点。

我也应该这样。

还记得我默默地想记住达利绘马的笔触吗，在这附上练习的成果给大家，我们是否都应该相信自己。

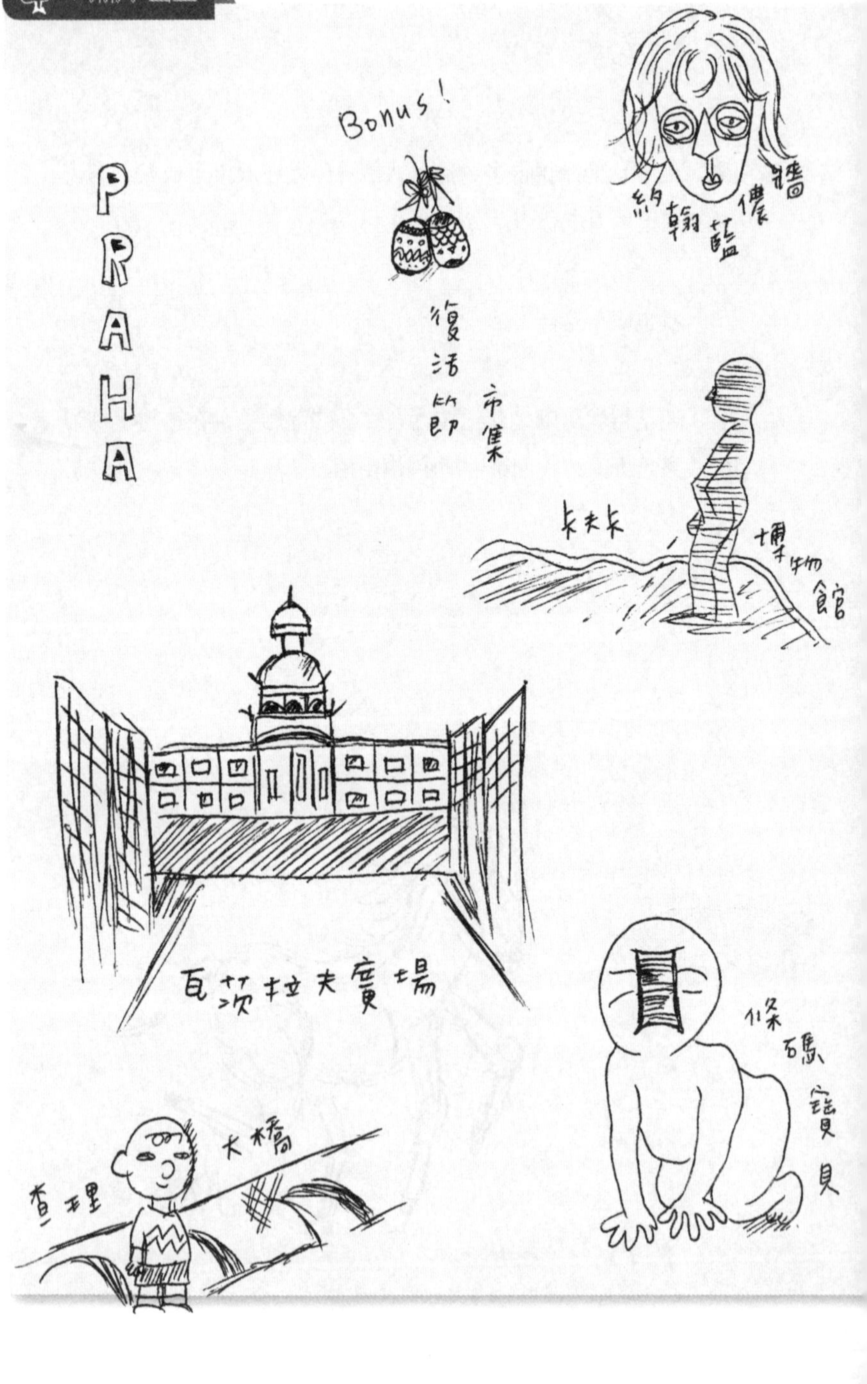

Bonus!

PRAHA

約翰藍儂牆

復活節市集

卡夫卡博物館

瓦茨拉夫廣場

條碼寶貝

查理大橋

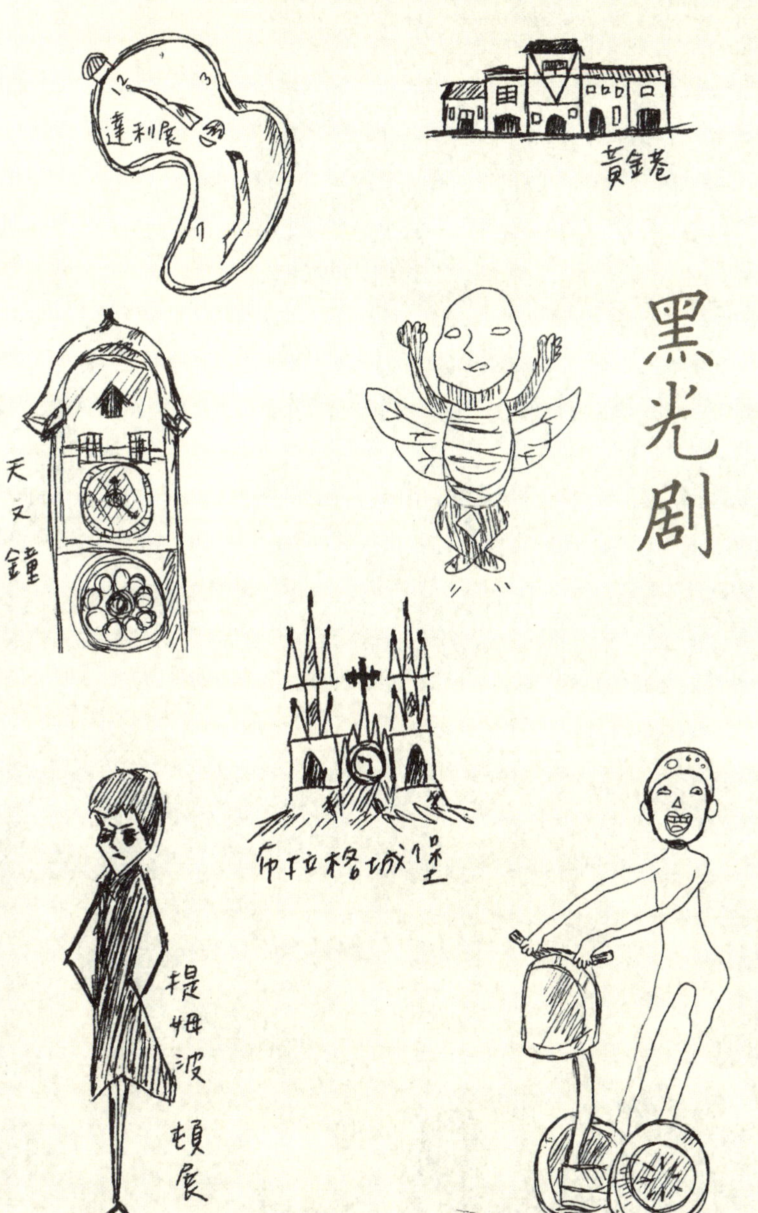
達利展
黃金巷
黑光劇
天文鐘
布拉格城堡
提姆波頓展

第3章

纽伦堡 Nuremberg

Marc：“咦？你怎么没想到穿你的New Balance去纽伦堡呢？”

Mary：“……我在纽伦堡当时脚上穿的就是New Balance。”

Marc：“ooooops～”

Burg
ZONE

慢活

♂马克

如果说维也纳是充满气质、典雅的皇家城市（翻译：死气沉沉），那么相较于维也纳的气度和老迈，布拉格就是个年轻充满活力的地方（翻译：好玩）。我还记得在傍晚的维也纳那种“人都去哪儿了”的疑问感，我也还记得初到布拉格，虽然觉得战斗民族恐怖，但是感到“终于有人了”的喜悦。只是到纽伦堡后，人，又都不见了。

虽然同样是没有人，但是纽伦堡却不同于维也纳给人一种老年城市的感觉，纽伦堡有它独特的一种静谧感（翻译：无聊）。

初到纽伦堡，一样在安顿好行李后，出门晃晃（为了取得网络）。只是没想到这小小一晃，竟然就把整个旧城区给晃完了。我感到有点茫然，这样我们明天的行程该怎么办？我要怎么在一个这么无聊的城市呆上三天呢？

然后我们早早进了一间泰国餐厅当他们的第一组客人，不要问我为什么要在德国吃泰国菜，餐厅都是吴玛丽选的（双手举高高）。但是餐厅的名字倒是让我想起了泰国的素可泰；纽

伦堡给我的第一印象就像素可泰的新城一样，宽敞、安静、然后不见人影。

我跟吴玛丽尽可能地以慢动作的方式进食，喝了非常非常非常多杯的水，但是晚餐结束时，天却还是亮的。这是我们在欧洲第一餐的米食，那时候的我们并不知道，之后在纽伦堡每天的晚餐都是吃饭。

因为小小的纽伦堡，在短短的同一条街上，就有好几间中国餐馆，而相较于其他餐厅，中国菜实在是很划算的选择。

在这个无聊的城市，无聊到会让你不得不自己去找些事，像是模仿《进击的巨人》的奇行种，甩着手在大街上跑来跑去；像是自以为自己是跑酷选手，试图逼吴玛丽帮我拍出厉害的跑酷影片；像是每天晚上都要去旅馆顶楼做瑜珈跟桑拿，然后裸体用不同的姿势躺在烤箱里出汗。（影片请扫二维码）

你在这里可以好好地享用早餐，好好地享用早午餐，好好地享用午餐，好好地享用下午茶，最后好好地享用晚餐。每天都可以不急不徐地、慢条斯理地、从容优雅地吃饭、用餐、进食，走路、逛街、散步，然后细心品味平常可能看不见的小细节，进而发现生活中怎么会有如此多的小确幸。

纽伦堡真的非常奇幻。如果你想体验时间暂停的感觉，这里可以让你每次看表，都会不可思议地惊呼：“什么！从刚刚到现在才过了十分钟？”

纽伦堡慢活第一天

网络中毒

♀玛丽

我自认我不是网络成瘾者，每次出国也不是最在意有没有网络的人，其实这也没什么好骄傲的，大概只是因为我单身而已。

马克离不开网络，八成都是要随时跟女友保持联络分享美景（其实是想监视女友在干嘛），所以任何有无线网络的地方，他都会汲汲营营地猎取。有一次他听说火车上有免费网络可以使用，乐得疯狂连线，但不知道在哪个环节出了错，始终无法成功连上，火车通勤时间约莫五十分钟，他就整整开开关关网络选项五十分钟，最后用布满血丝的双眼幽幽地对我说：“连不上……”那一瞬间着实吓着我，人对于网络的渴求真的有那么大吗?

有什么马上非说不可、非分享不可的玩意儿吗?

就连抵达纽伦堡的第一天，在check-in之后（也确认房内无

线网络畅通后），马克第一件事就是直奔各大电信公司想购买无线网卡。我们询问了四大电信业者，但不管是哪一间的网络费用都高得惊人，让无法成功如愿的马克像泄了……气的皮球一样缩得小小的，扁着嘴不开心。

带着沮丧氛围的马克，我找了一间泰式餐厅解决晚餐，这也是外出以来第一次吃到亚洲料理。常常听闻在外旅行的人怀念着台湾的美食，我不否认台湾美食的霸主地位，但我的确很少在外想念家乡菜，顶多瘾头来了渴望着一杯珍珠奶茶，因此这次在纽伦堡吃着椰汁咖喱鸡并没有让我感动到痛哭流涕，反倒是餐厅里的服务生会说中文让我印象深刻。

吃完饭后，我们又无所事事了，于是就坐在路边看青少年们在广场玩滑板，在平地滑、在横杆上滑、在阶梯跳上跳下滑……看了很久……非常的久……久到我都可以帮这些青少年拍部一代滑板宗师纪录片了，但低头看手机时间，没想到居然只过了半小时！

纽伦堡是个迷幻城市，在这里一天像有四十八小时一样充足。

纽伦堡是个迷幻城市，我已经快要把这站旅程写完了却只有五百字。

看腻了滑板少年，无所事事的我们又逛了第二次纽伦堡商圈，然后再到另一个广场发呆，这个广场也有着一群年轻人（也只有他们），他们身后停着一台改装过的货车，上头搭载着巨大喇叭，强力放送电音舞曲。

这时马克开始觉得挺有意思了，要知道在一个人数稀少的城市里，看见任何微不足道的小事都会让你雀跃，更别说大概十分钟前马克才在路上不停地抱头咆哮这个城市有够无聊他撑不过三天。

听着电音舞曲看着夕阳，虽然天气有点凉，但比起忙碌的上班生活，现在的状态简直福气到不行。我坐在长椅上发呆，有些感伤旅程已经走到一半，此时马克在旁边走来走去好像躁

郁症友，但我决定视而不见。

突然眼前的年轻人们关起喇叭，也把相关器具慢慢收回车上，正惊讶纽伦堡的年轻人居然如此准时回家时，更猎奇的事情发生了。

他们从卡车上抬出了一张手足球桌，嘿咻嘿咻地开始移动，接着他们把手足球桌搬到了马路中央的分隔岛上，开始玩起了手足球。

就在分隔岛上。

纽伦堡，真的很奇幻啊。

全新手足球定义。

纽伦堡大审

♂马克

德国巴伐利亚邦的两大城市：纽伦堡与慕尼黑。纽伦堡最著名的是每年的玩具展、发明展和圣诞市集；而慕尼黑则有世界杯冠军加持的拜仁足球队，和每年十月举世闻名的盛大啤酒节。虽然春天遇不到这些盛会，但我还是想造访这两个城市，因为我想看看以前从历史课本上学到的地名，实际上到底是个什么样子的地方呢。

我是因为纽伦堡大审[①]才知道纽伦堡这个城市的。当纳粹德国战败后，同盟国要找个地方来审判纳粹战犯，但是德国首都柏林已经残破不堪，又不想随便找个地方进行审判，刚好纽伦堡为纳粹党的集会中心，在纽伦堡进行审判有历史意义，而且更重要的是，纽伦堡的司法厅并未受到战火波及，有足够的空间可以容纳国际联席法官、律师、媒体、翻译和犯人在此进

① 从1945年11月21日至1946年10月1日间，由第二次世界大战战胜国对纳粹德国军事、政治、经济甚至纳粹文化领袖的数十次审判。

行审判。

纽伦堡大审是现代意义上的第一个国际法庭。当时同盟国内部对于如何处理纳粹战犯出现了意见分歧，在欧洲战场上遭受严重损失的苏联和英国均认为这些纳粹战犯罪大恶极，根本无须经过审判，直接处死即可。但美国联邦法院大法官Robert Houghwout Jackson力排众议，认为若胜利者可以不经任何审判程序就处死一个人，那么人们将丧失对法律的信仰与尊重，未来法庭也没有存在的必要了。

最后美国人将纽伦堡司法厅的其中一个法庭改装成国际法庭，被告席扩张到可以容纳二十余位，也把原本民众听审的位置改装为现场口译员、律师和记者工作的地方。这里就是著名的纽伦堡大审第600号房间。

纽伦堡司法宫至今仍在运作中，是当地的最高法院，所以为了游客方便参观，特别开了个参访者专用的出入口，以及在其上设置了纳粹战犯博物馆。从入口买票后，导览员会建议你由上而下地参观。

博物馆内除了介绍纳粹始末，被审判的战犯资料，整个审判的过程，以及最后的判决结果外（还可以看到他们被处刑后躺在棺材中的死相），还有另一个专区讲的是世界各地的种族灭绝及大屠杀罪行。相较于欧洲战场上在纽伦堡被判刑的纳粹，亚洲战场上的东京审判中，不论是在层级上还是力度上均远不及纽伦堡大审。

不过对于德国来说，纽伦堡大审是他们向纳粹帝国划清界线的开始，一直到现在，你还是可以在他们的教科书中，在他们领导人的谈话里，不断地看到反思与道歉，可以看到西方学界前仆后继地研究纳粹的起因，可以看到相关题材的电影一部接着一部提醒着我们人类的恶。相较之下，日本却把当时的A级战犯供入靖国神社，历任首相甚至多次前往参拜。这种反差一直让我无法去喜欢日本，就算大家说日本有多好玩多好玩，我心里好像就是有那么一个过不去的坎。

纽伦堡审判博物馆虽然不大，但要好好看完，少说也需要一个下午的时间。当我还在入口处看第一块看板的时候，已经看不见吴玛丽的车尾灯了。看她的移动速度，就知道她对这里真的一点兴趣也无，我也只好加快脚步，但是想好好看看的内心又很挣扎，因为觉得以后应该是不会再来到这里了，于是走到了已经坐在终点的玛丽面前。用着发现了有趣新玩意的语气说："你看你看这个！"把她哄骗回展览中心，一个一个地跟她说这个人是谁，他被判了什么刑，最后是怎么死的，然后带她去看处刑后的死人脸。我真是个循循善诱的老师啊（甩头拨发）。

下楼来到传说中的600号法庭。现在这个房间由于有时也会需要开庭，所以布置已经回复成和一般法庭的样子。在房间中有几处触控屏幕，内容播放当年审判的过程短片，与受害者的证词等。我本来以为吴玛丽又会觉得很无聊，没想到她却好像很有兴趣地坐着听我把每个影片的翻译都讲完给她听。真是谜样的女子啊。

除了大审法庭外，纽伦堡还有个也是充满历史感的参访点：纳粹党集会中心。纽伦堡是希特勒钦定的纳粹党中心，从1927年开始，纳粹就在此举行全国党代表集会，自1933年希特勒取得政权后，即宣布纽伦堡为“全国党代表大会城”。电影系必看的经典名作《意志的胜利》，就是在此拍摄。不过这个集会中心还没有建造完毕，“二战”就结束了。

作为理解纳粹建筑和第三帝国的遗迹，这个原本占地11平方公里的地方，邦政府于1973年将部分遗址纳入文化保护，另外也在集会场外，建造了一栋造型以一根钢铁和玻璃的尖刺，刺穿建筑物北翼的史料文件中心。这栋建筑物在造型上、在意象上都在提醒着人们这段痛苦可怖的历史。

由于早上的慢活行程一不小心真的活得太慢了，以至于我们抵达纳粹资料馆时，已经超过参观时间了，只好在外围和其他遗址区晃晃。这里除了遗留下来的几栋历史建筑物外，看起

来就像个幽静的大公园，里面还有一座难以看到对岸的大湖。

作为党的集会中心，当初在规划时就有意图要建造成宏伟广阔又充满威严和压迫感的地方，虽然未完成，但站在纳粹党议会广场中央，那半圆形封闭式的高耸城墙，即使砖红斑驳，却还是发出令人脚软的气势。而现在，它的功能只是座大型平面停车场。我知道这样写感觉有点老气，但站在历史的昨是今非面前，当真有股唏嘘之感。

来到纽伦堡，走入纳粹历史，在步调缓慢的慢活的氛围中，让我不断地反思着人性对秩序、威权的渴望，以及其所可能产生的恐怖后果——那些发自于人性的泯灭人性行为。这些历史建筑，就用它们真实的存在提醒着人们曾经犯下的过错。

不用刻意抹去错误的痕迹，留下它们反而让这些痕迹可以带你去面对过去的错误，正视真实的自己。

做错了事，想要隐瞒、粉饰太平、逃避是人之常情，但是骗过了别人，骗过了自己的心，却失去了真切反省的机会。无法反省的人类是无法进步的。

纽伦堡第三天

游乐园

♂马克

当你在旅行中遇到当日行程已经跑完，但今天时间还有一大把的窘况时，试问单兵该如何处置?

有鉴于本日的最后一个行程已经关门，而天色却还是大亮，我们只好走到湖边坐着，坐着看湖。

湖面平静无波，宁静致远，我们想着这会不会就是再四天后，每天在哈斯塔特的生活呢？什么也不做地坐着看湖。

半年前只是因为在脸书上看到一位听众的倒立照片，而兴起了学瑜珈的冲动。那张照片以夕阳当作背景，完美的身体控制与平衡让我觉得实在是太酷了。于是在湖边闲来无事的我，也来试图倒立一下。（如图）

坐着看湖期间，身旁偶有人狗经过，无缰的狗儿会过来嗅嗅我的手、嗅嗅我的裤子；金发的小男孩手舞足蹈地对我说着

我听不懂的话，我也咿咿呀呀地回他我也听不懂的话。

看他指着一个方向想要去，但是妈妈却跟他说要回家了，不能去。虽然我听不懂德文，但是他们的body language应该是这个意思啦。于是我就提议起身去看看，看看孩子想去的地方是哪里。

沿着建筑物的背面行走，只听到越来越大声的音乐和嘈杂声，循声前往一看，噫，柳暗花明又一村啊！

想帅气倒立，但只翻得狗吃屎。

我的天，这是一个好大的游乐园，简直就是一个六福村突然出现在眼前。虽然它是个临时搭建的游乐园，但是应有尽有，而且完全没有因为临时搭建，就少了刺激的游乐设施。除了碰碰车、咖啡杯、旋转木马、鬼屋，这些你能想到的静态设施外，还有考验心脏跟喉咙的大型游乐设施：高空自由落体、云霄飞车、笑傲飞鹰等，没在跟你开玩笑的，一个玩得比一个大。另外夜市的小游戏像是套圈圈、射飞镖之类的，还有吃的东西也更是多得不得了（但是贵松松）。

在纽伦堡由于太无聊了，所以吴玛丽每天都规定自己要找

旅行到此，吴玛丽不只脸、肚子也……

到三个小确幸，当天的小确幸之一就是看孩子在水中泡泡球试图站起来（影片请扫前一篇《纽伦堡大审》的二维码）。我们在那个摊位前站了好久，明明里面又没我们的孩子。但是看孩子跌跤真的太疗愈了。

适逢周末，今天我在这里看到纽伦堡所有的年轻人了，同学、朋友，还有好多看起来很明显就是第一次约会的男女；那种不熟又要找话讲的尴尬气氛，那种想牵手，却又胆小怕太躁进的青涩感。这个为期仅半个月的流动游乐园，在美好的春天周末，把所有正在发春的年轻人都给吸了过来。

纽伦堡太无聊的证明：
（每一段都是重拍了十几次，
在此感谢辅大影传出品、
耐心极佳的吴玛丽摄影师）

小确幸计划

♀玛丽

回想起来，我记不起纽伦堡吹起的风，也想不起街道上的人声，三天的旅途画面都被零散地切割，拼也拼不好，其实可以用更简单的说法来形容，那也是马克对这城市使用最多的形容词：无聊。

在纽伦堡的第二天，我跟马克边吃着早餐边发呆，实在想不出来还可以去哪玩，当他低头滑手机我看着路人发愣的时候，有只跛脚的鸽子一拐一拐地向我靠近。

早起的鸟儿有虫吃啊，于是我认真地跟它分食手中的面包，接着引来另一只正常的鸽子，但跛脚的总是抢输它，我偏心地故意把面包丢离跛脚的近一些，看它吃得开心，我整个人快乐得要飞上天，有种自己是天使的错觉。

没错，纽伦堡的魅力就是让你无聊到触底反弹之后，任何事物都可以变得比原来有趣、格外快乐。

在社区的公园荡着秋千，听着老旧的铁关节发出机机嘎嘎的声音，好快乐！

经过一所幼稚园，偷窥一对小孩坐在土堆中用小铲子认真挖土，天啊青梅竹马在挖土，好快乐！

这些平凡的琐事当时都是我们快乐的泉源，马克把这些画面全都片段式地记录下来组合成一则短片，我们称之为“小确幸计划”，那几天我们拼命地捕捉任何快乐的小事，虽然一开始是因为如果不做这些挖掘，我们可能会在纽伦堡无聊到精神崩溃，但后来、甚至到回台湾之后，我觉得我真的变成了懂得在生活中找幸福的人。

也许老天爷为了奖励懂得感恩的我，所以送了我一个大礼。

那天下午我跟马克特地前往某一个博物馆，抵达之后却发现已经要休馆了，穷极无聊之际，我们只好往博物馆的后方漫无目的地绕啊绕，散步在林间小路上，旁边还有个漂亮的湖，绕着湖边走着走着，渐渐地我们听到大鼓的声音，很像是游行的感觉，再往前走拐一个弯，真的是转弯之后柳暗花明又一村，出现在我们眼前的既不是游行队伍也不是庆祝活动，而是一个非常大的游、乐、园！

云霄飞车、自由落体、海盗船、碰碰车、水上足球泡泡、足球九宫格……任何你可以想到的游乐设施应有尽有，虽然它是临时搭建的期间限定游乐园，但内容完全不马虎，不马虎到我不敢一个人搭乘云霄飞车。

我很确定它的游乐设施看起来都比台湾的还要刺激跟庞大，价钱也不便宜，每样设施都是分开计费，一次大概四欧元到八欧元不等，我盯着云宵飞车一会儿又转头看向马克，已经记不得他当时说了些什么，反正结论就是他不敢坐，而我没有熟人的陪伴，实在没有勇气一个人搭乘。

难道这就是传说中死了也要拉一个人当垫背的意思？

跟云霄飞车说再见，大概是这趟旅途中唯一后悔的决定，当时我应该无论如何都要试试看才对，顶多，就是在上头心脏病发而已啊。

我要用我的切身之痛跟大家呼吁，像这类的新鲜事看过路过千万别错过。

回家路上，我又不知不觉开始发呆，每当我在冥想时，往往也是马克在跟女友热线分享的时候。看着马克进行这些恋爱行为，我始终不明白为何情侣总爱分享每一刻每一件事，因为不明白所以老是嗤之以鼻。突然，我又想到了今早喂食鸽子的时候，我跟马克说没想到光是喂鸽子就可以获得这么多的快乐，他回答我，不是喂食鸽子这个动作让我感到快乐，而是因为我感受到被鸽子需要所以快乐，人都是喜欢被需要的。

啊！多么有哲理的一个提点呀！

在空中透过广播跟听众互动，跟我的姐妹互吐苦水，原来这些快乐的成分之一都是享受那份被需要的感觉，情人之间的分享也是，有人需要你，不管内容是什么都间接提升或证明了存在的价值，感谢纽伦堡的哲学之鸽、感谢哲学大使马克，是你们教会了我这一课。

有时候，生活得够无聊，才能好好地看自己啊。

正是因为时间充裕，才能在纽伦堡的教堂里慢磨出这光荣的一刻。

谁爱明信片

♀玛丽

我真的有点害怕纽伦堡的观光大使会跟我生气，因为我又要再说一次纽伦堡的平淡。

之前也提过，纽伦堡一天像是有四十八小时一样充裕，所以需要做很多琐碎的事情来扼杀纽伦堡的光阴。因此，在这个城市里我跟马克像中邪似的狂写明信片给朋友。

十个人里面有九个人都热爱收到朋友在异乡寄来的明信片，即使内容空泛无聊不着边际虚情假意，收到的时候大部分的人还是会惊呼：“哇～是明信片耶！”而对于没有收集各地邮戳、各种邮票、各式明信片的我来说，这种兴奋实在难以有同等共鸣。

可是我能明白大家收到时的雀跃，所以出国前已经搜集好朋友们的地址准备在旅途中寄给他们这些虚假的快乐。千万不要认为我是反明信片的狂热分子，仔细想想，明信片这玩意儿是完全公开赤裸的，所以大多时候上头并不会写些私密或是直捣内心的文字，不然要是被家人或不相干的朋友看到，那将是多么可耻的一件事啊，正因如此，在明信片上最常看到的不外乎：

嗨，你好吗？这里好美喔。（炫耀）

嗨，你好吗？下次一起来。（虚伪）

嗨，你好吗？（词穷）

为了让我的朋友们不会有这类型的空虚感，我通常喜欢在明信片上这样写：

嗨，你好吗？记得跟男朋友做爱要戴保险套喔。（适用于寄到家里）

嗨，你好吗？上次你说的那个白痴同事还在扯你后腿吗？（适用于寄到公司）

嗨，你好吗？跟你分享我新学的几个单字：G点、高潮、潮吹。（全适用）

比起我老是瞎诌这些没营养的内容，马克就是属于很认真撰稿的文字工作者，而且他每到一个城市就会写张滔滔不绝的明信片给女朋友，更不用提他在出国前已经写好十五封情书请朋友帮忙分天寄送，让他即使无法陪在女友身旁，女友还是天天都能收到那些阴魂不散的爱。

我以为这样就已经够恶心了，没想到有天马克居然跟我说：“你要不要写张明信片寄给自己？”

这种文艺到不行的事我怎么可能做得出来，出国之前我都没帮自己事先写好遗嘱了，还在这里故作扭捏地琼瑶个什么劲啊。

可能是我嫌恶的神情太过明显，我发现马克看着我的眼神里透露出一丝绝望，有点烂泥扶不上墙、俗人不可雕也那种。

爱面子的我为了挽回在他心目中的地位，提出了一个建议：“不如我们在旅途的最后一站，写张明信片给对方，内容就是分享这次旅途心得或是对彼此看法等等，你觉得怎样？”

很快地我们达成了共识。（握手贼笑）

关于这张神秘的明信片，容我先卖个关子，稍后再跟大家揭晓。

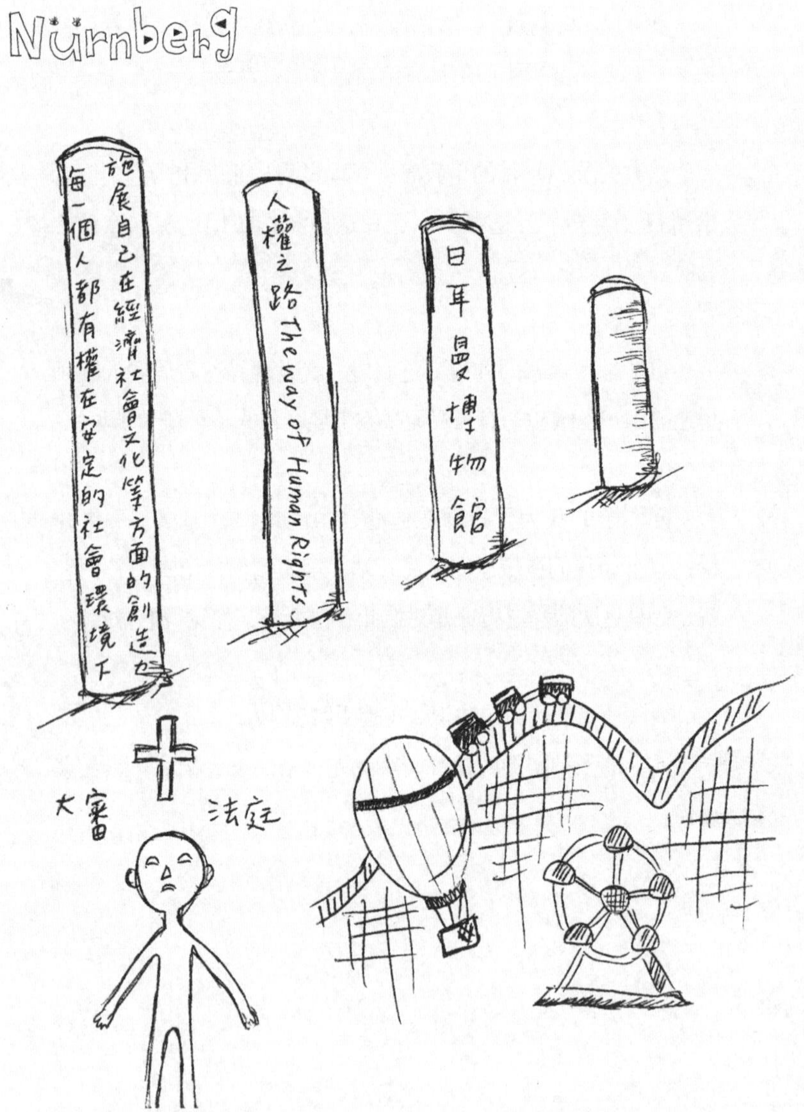

Nürnberg

每一個人都有權在安定的社會環境下施展自己在經濟社會文化等方面的創造力

人權之路 The way of Human Rights

日耳曼博物館

大審 法庭

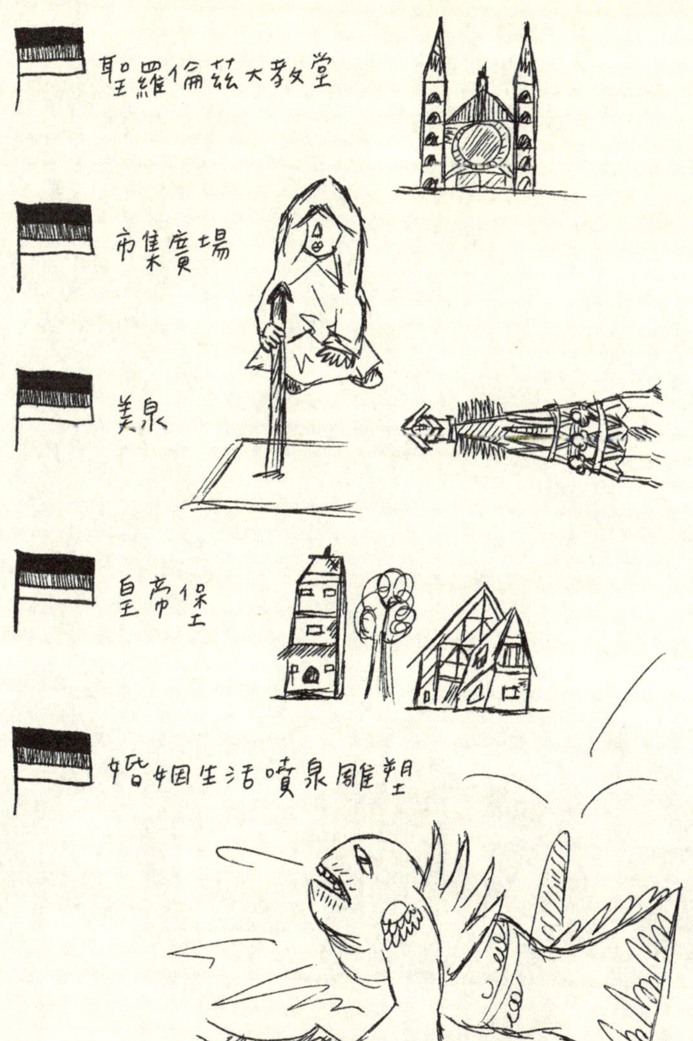
聖羅倫茲大教堂
市集廣場
美泉
皇帝堡
婚姻生活噴泉雕塑

第4章

慕尼黑

Munich

Mary：“你要不要考虑对听众开一个新天鹅堡团？”

Marc：“但你知道现在航空公司把领队的免费机票取消了吗？”

Mary：“反正你赚那么多！”

Marc：“说的也是。”

Marc：“你不要在那边瞎写！”

TRETTER
CHRIST
SWAROVSKI
SWAROVSKI
TRETTE

新天鹅堡

马克

从前从前，有一位长相俊美的王子，他从小就热爱艺文与音乐，同时向往中世纪的骑士故事。于是当他长大成为国王后，就大肆在王国内修筑宫殿和城堡，无奈当时已经不再是君王一呼百诺的时代，于是他开始益发地沉溺在自己的幻想世界中，幻想自己是个像法王路易十四般的专制君主。

写到这里，我想你应该已经隐约感觉到这不是个有美好结局的故事了。[①]

① 当他在1866年的普奥战争中站错边后，他的王国开始式微，其后由于不擅政事，更亲手葬送了王国的独立地位，拱手将王国献出，让普鲁士完成了德意志的统一大业。虽然他在政治军事上没有杰出的表现，但至少让他的王国远离战争保持和平，也因此巴伐利亚人至今仍将他称作“我们亲爱的国王”。而那些漂亮的宫殿和城堡，反而成为他遗留给世人最重要的遗迹。

这位国王叫作路德维希二世（Ludwig Otto Friedrich Wilhelm，1845年8月25日～1886年6月13日），被认为是最狂热的城堡修建者，在民间被称为“童话国王”。

其中最为人所津津乐道的，就是号称一辈子一定要去一次的新天鹅堡。新天鹅堡盖在阿尔卑斯山脉上一个近一千米高的山顶上，光是要把建材运送上山，就难以想象花了多少的人力和技术，而城堡中随处可见典型的哥特式建筑细节，所有门窗、列柱回廊则呈现巴洛克风格。另外因为“天鹅堡”这个名字，所以整个城堡中所有的水龙头以及家具和房间的配饰都是形态各异、栩栩如生的天鹅造型。堡内装饰极其奢华，从天花板、灯饰、墙壁到日常用具，无一不是工匠精雕细琢之作。

只是原本规划的360个房间，大部分都因为国王的逝世而未完成，在长达17年的建筑时间里，他只短短逗留过172天。国王路德维希从未想让新天鹅堡公诸于众，因为这是属于他的中世纪君王梦，是他逃离现实、远离尘嚣的所在；就他看来，他宁愿将此堡毁坏，也不能让它失去其神秘的魅力。但是在他死后的七个星期，巴伐利亚政府就将城堡对外开放，以游客参观的观光收入来贴补国库。至今新天鹅堡每日有上千名的参观游客，而每日有着更多的人在世界各地的迪士尼乐园，看着新天鹅堡的复刻品。

离开纽伦堡前往罗曼蒂克大道的终点站福森，把行李锁在火车站，搭公交车来到新天鹅堡山脚下，排队买好限时参观券，然后从下面抬头看着这个建在天险当中的城堡，有世界上最美的城堡之称的城堡，华特迪士尼商标上的城堡，以及在每个迪士尼乐园里，到了晚上会施放烟火和举办游行的梦幻城堡。

从山脚下坐接驳车上山，指标上写着：往玛莉安铁桥走路十五分钟（但其实五分钟不到），往新天鹅堡六十分钟（其实只要十几分钟）。虽然山路已经整理得非常平整，但上坡的幅度仍会让人有点小喘。山上可以看到好几位老先生老太太互相

扶持着慢步前行，看着他们，就想到了自己的爸妈，看着新天鹅堡的美景，就想让爸妈也能亲眼见见这种震撼。然后觉得，很多事情，都是要趁早。投资要趁早，养成良好的习惯要趁早，要来看这世界美景也要趁早；趁年轻趁体力好，才能完全沉浸在视觉的震撼和赞叹中，而不用分神去担心那点山路。

当天还看到好几位不良于行的肢障人士，只靠他们的双手撑起全身在山间小径中穿梭，简直就是力克·胡哲在我眼前，向我展现人类意志力的惊奇。

新天鹅堡的美丽已经不是用“哇”“喔”可以形容了，人挤人地站在玛莉安铁桥[2]上，强风吹得人都要站不稳，而下面那千尺深的山谷则是令我看得双脚发软。

虽然不断地害怕手机相机或是我自己掉到山谷下，但我还是坚强地在铁桥上撑了很久，因为新天鹅堡的美实在令人不忍离开。虽然我不觉得这世界上有什么事情是一定要做、一定要

② 玛莉安铁桥跟我的旅伴玛丽没有关系。玛莉安铁桥是建在山谷间的一座铁制吊桥，也是要拍到新天鹅堡全貌的最佳位置。另外，我的旅伴很坚持她名字中玛丽的丽，是美丽的丽。

去、一定要看、一定要吃的——这些夸张的字眼，都只是为了挑动观众感官神经的行销语言而已——但是新天鹅堡，我真心地觉得它值得你亲眼去看看。

新天鹅堡

新天鹅堡

♀玛丽

不晓得你对于新天鹅堡有着什么样的想象？

在出发之前，表哥听闻我要前往德国，顺口问了是不是要去新天鹅堡，我必须老实承认，在这之前我完全不认识它，也不明白它非去不可的价值在哪，当时表哥还马上搜寻了新天鹅堡的图片给我看，当时看见只觉得挺美的、有点梦幻，但哪个地方透过摄影行家的镜头不是如梦似幻？

以前去过日本的日光，与朋友两人走在无人的林间小道上，枯枝搭着残雪，小溪冰得透澈反光。回到饭店房间，落地窗外偌大的夕阳倒映在湖面上，染得橘红荡漾，后方的山头盖着白雪，那时候我已经觉得这有如仙境般不思议，震撼视觉神经的强烈感至今仍记得，我没想到这种感受会再次发生，就在新天鹅堡。

为了节省时间，离开纽伦堡后我们搭火车前往慕尼黑，再

直接从幕尼黑前往福森（Füssen），把随身行李寄放在富森车站后就可以开心地搭接驳车上山了。

上山后先遇见了旧天鹅堡，当时的我还十分镇定，心里想："就是个古堡嘛。"

当时山脚下游客很多，又加上必须等待从旧天鹅堡前往新天鹅堡的巴士，我心中的耐性正一点一点地流失。

可是这些不安、焦躁，只要等你搭巴士抵达玛莉安铁桥（Marien Brucke）后，哗的一声都将烟消云散豁然开朗，当我站在玛莉安铁桥上远眺新天鹅堡时，我心里脑里嘴型都是：

哇

哇

哇

哇

哇

蠢货如我，真的无法用文字让大家感受到我眼中的新天鹅堡，它的独特梦幻除了眼见再无其他更好的办法。或许接下来这个比喻很差劲，但我想新天鹅堡就像是爱情，很多人不相信或不明白爱情的美好，可是只有遇到的那天，他们才会发觉原来世人说的那些都是真的，而比起还需要些运气才能碰见的爱

情，新天鹅堡就矗立在这儿，只要你愿意就能碰见。

只有那天，当我在新天鹅堡旁喝着浓浓热可可的时候，我开始想念起家人朋友，对于无法把眼底的美好与他们分享，心里激动着也惆怅着，如果可以，多希望我爱的人都在我的身边，一起记录共享人生美好的这一刻。

人为什么这么矛盾呢？总在最满足幸福的时候，不敢放胆地享受，却反过头去追讨那些藏在角落的小小遗憾。

一眼瞬间

♀玛丽

和新天鹅堡谈了场恋爱后，再赶回慕尼黑已经夜深，在欧洲我跟马克很少这个时间点还在外头走跳[1]，加上慕尼黑车站里熙来人往，让跟在马克屁股后头拖着大行李箱的我不自觉地紧张了起来。

从一踏出火车车厢，就感受到今晚的车站实在热闹得异常，难道是大家知道来自台湾最幽默的DJ们要造访慕尼黑正在大肆庆祝吗？三秒内自我否定之后，趁着马克找路的同时观察一下车站人潮，才发现原来车站里塞满了刚散场没多久的大批足球迷们，身穿红球衣手拿红毛巾的大家几乎人人手中一瓶啤酒，开心地手舞足蹈，看来是赢球了。

① 马克表示这是他唯一一次旅行完全没有夜生活行程，应该是因为有我这个拖油瓶的关系，在此跟您说声抱歉，对不起喔～（眨眼吐舌）

映着这样的红色浪潮，说时迟那时快爱情就在这种电光石火中爆炸了。

镜头移到与我相隔一轨道的左方月台，莫约六七位年轻俊俏小哥正在开心地聊天，有几位已经不胜酒力直接坐在地上，其中一位小哥看见我（先让我们称呼他为爱德华好了），爱德华开心地用日文跟我问好，但当时的我正处于提防扒手的警戒状态，下意识只用一双死鱼眼漠然地回视他。爱德华见我没反应，就更加奋力地重复喊着他那句参杂洋腔的“抠尼吉娃~”②，同时挥舞着手中象征爱情的红色毛巾。

爱德华身旁的朋友们见状也开始起哄喊着：“抠尼吉娃~”③，随着分贝数越来越大，我心里有点儿想笑，开始考虑是不是要释出善意的回应，但我是要跟着说怪腔怪调的抠尼吉娃还是说Hello还是说你好呢？但仔细一想，还是低调地赶路才是正事，脑内飞快闪着各种想法的我，化成表情最终依旧是用死鱼眼盯着对方看。

---

② 此为日文的你好。

③ 你还需要注3？那我注2不就白写了。

就在这个时候！我瞥见了站在最左方的那位小哥（先让我们称呼他为格雷好了），格雷的眼神透彻意识清醒，理智地看着他的哥儿们嘻闹着，当我们四目相交时，他看着我脸上的面无表情，大概误以为我正被这群年轻男孩的起哄困扰着，于是格雷双手往外微微一摊、挑了个眉、耸了耸肩，最后给我一个浅浅的微笑，像是在说："抱歉，我的兄弟喝太多了，请可爱的你见谅。"④

天啊妈啊主啊，我就像是被雷劈到一样，电流窜满全身，对一个平常爱玩恋爱取向游戏的女孩来说，这一幕实在是太刺激了，我承受不住呀，通常这种画面都必须要连续猜中三次正确对话才能得到，今天的我居然什么都没做就得到了这张至高无上的CG图。

我、爱、慕、尼、黑

小鹿乱撞的我在紧张的促使下只是加快脚步逃离现场，追上走在前方马克的臭屁股后面去找下榻饭店。

④ 这就叫做脑补。

再见了，我的德国爱人。Leb wohl, meine deutsche Liebe.

抵达饭店之后，第一件事就是打开电视搜寻运动台，果不其然正在重播足球赛，啊~我真是个傻女孩，以为藉由看着足球赛事就幻想能延续刚刚那段粉红色的余韵。哼着小歌心满意足地去洗澡，从浴室出来后发现马克正在看着MTV台，并兴奋地跟我分享MTV音乐Mash-up得有多好，我心里大翻了一个白眼，偷想着：你在那边嗨个什么劲，难道你完全没发现你的伙伴正在追悼爱情吗？

不过，爱情的魔力是很可怕的，它可以让人心情保持愉悦非常久，那几天不知怎么着，马克看起来比平常讨喜许多，就连假期遇上了会使人崩溃的星期日[5]，我也完全不在意了。

⑤ 请见下下篇《博物馆惊魂日》。

死城

♂马克

白天见识了此景只有天上有的人间美景新天鹅堡，晚上抵达慕尼黑，瞬间有一种从天堂回到凡间的极大反差感。

身为德国第二大城的慕尼黑，果然有大都市的脏乱感。一出站后的第一眼，就是一团乱的违规临停，和被吹到半空中随风飘舞的垃圾。传说中烧纸钱时，若出现了小涡流，代表灵界的朋友来取财了；但我没想到德国的好兄弟竟然是下凡取垃圾，莫非这是因为务实又环保的德国人，在死后也一样地关心着这个地球的整洁吗?

除了很脏、垃圾乱飞外，慕尼黑到处都是路边停车，天空又是电车线，整个城市感觉很丑，再加上毛毛细雨，更让我对它的第一印象被扣了好多分。不过完全不同于我的感受，我身旁的少女倒是在慕尼黑得到了她好久不见的心动感。当一群刚看完足球赛，醉醺醺的孩子们对经过面前的吴玛丽大喊："抠尼机娃～"的时候，这是她此行中的一秒艳遇。影响人生的抉

择常常就在电光火石间，当下若决定走向前去说声嗨，可能她现在就是德国媳妇了！

隔天是个又湿又冷的雨天，出旅馆后一路上都没有人，我们往主要大道上走去，才看到几个穿着防风外套的零星旅人，露出跟我们一样迷茫的眼神。

可恶啊，前面的文章已经用过《我是传奇》举例了，但是这天的慕尼黑才是货真价实的死城，彻彻底底的死城。街上所有的店都关着，对，所有的，走在路上真的只能名副其实地做“Window Shopping”，只能隔着铁栏看看橱窗里的东西。服饰店、纪念品店、手表手工艺店、国际连锁品牌，甚至是餐厅，对，连间开着的餐厅都没有。小吃摊，没有。快餐店，没有。咖啡厅，没有。面包店，没有。是个连要找吃的都找不到的绝望日子。[①]

① 德国有所谓“商店关门法”（Ladenschlussgesetz），明定店家可以营业的时间。除了药局和车站机场的商店外，店家在周日及法定假日均不得对外营业。2006年的联邦改革法案中，将此一权利下放由地方政府自行规定，但是巴伐利亚目前仍然维持假日不得营业的规定。

另外，复活节的第二个星期日，过去习惯被叫作Low Sunday，Quasimodo Sunday，St. Thomas Sunday，我想是宗教节日习惯与法令规范两相加乘发威之下，才造成了让我开眼界的慕尼黑死城景象。

由于整个城市仍然正常运作的地方大概只剩下火车站，所以我们前往看看那里有没有食物，顺便去游客中心问问今天到底有哪些地方可去。好险！火车站仍是灯火通明，熟食部与pizza对我们闪耀着圣母的光芒。到了游客询问中心，吴玛丽拿出了TripAdvisor上慕尼黑推荐的第一名景点：德意志博物馆。

在询问德意志博物馆该怎么走时，我被充满德意志骄傲的德国人纠正了我的德意志发音。她说德意志，应该要念成德意志，不是德意志，是德意志。我在那里来来回回地跟她练习了四五次的德意志，但是至今我仍然不知道我哪里念错了。

在TripAdvisor上旅客对德意志博物馆的评价大致如下：

“绝对让你流连忘返，无论大人或小孩都适合参观。”

“所有你可以想到的科学与科技都可以在这里看到！超级推荐非常超值！里面有很多互动式的展示方式可以让人马上就了解一些很难懂的东西！”

“简直无法用言语形容，那是我目前去过的最棒的科学技术博物馆了。”

既然那～么厉害，我们就只好亲自去会会（其实我真的对它兴趣缺缺，只是无奈又没有任何其他的地方可去）。摆脱寒风细雨进到博物馆，迎面的暖风让人觉得舒服。我们从电机馆开始，里面全是各种我叫不出名字的机械，中文我已经叫不出

名字了，英文单词我也不认识，德文我又看不懂，但我不知哪根筋不对，还是一件一件地慢慢看，试图拼凑出来它们是在何时被运用在哪里的工具。

而吴玛丽一样是一溜烟就不见人影了，电机馆逛完后，不管是她快快地看，还是我慢慢地看，结束时我们共同的想法都是："我们刚刚到底看了些什么？"

如此正面评价的景点，却让我们频频打呵欠，觉得有够无聊。但馆内满满的孩子带着惊奇的眼光和欢呼声玩着里面的互动式装置，所以我们在想是不是因为我们太没有童心了，才会觉得这里很无聊。于是吴玛丽决定要以孩子的眼光来逛博物馆；因为我们无法改变环境，我们只能改变自己。（请扫二维码）

有的人只要进到电影院就会睡着，因为黑黑的环境加上舒适的坐椅和空调，的确是蛮好入睡的，但你能想象逛博物馆逛到快睡着吗?

德意志博物馆好大，就算照着楼层导览走还是会迷路，浪费已经所剩不多的体力。我们没走两下就要找个地方坐很久，以为坐了很久结果一看表才过了十分钟。最后两个人在cloak room累到完全站不起来，就这样颓坐在出口处，不想出去受寒，也不想在里面逛展，就只是不断地互相打呵欠，你传染给我，我传染给你，然后像是吸了笑气一样地狂笑，什么无聊的东西都变得超级无敌好笑，可是身体又已经疲惫到连笑也觉得很难受，于是就在这种困又无法睡，累到起笑又没有力气走出大门的两难中，度过了梦魇般的一天。

吴玛丽孩子
逛德意志博物馆

博物馆惊魂日

玛丽

我想人生最强烈的一次文化冲击就在星期日这件事上，而在慕尼黑的第二天，就遇上了星期日。

我这颗小小狭隘脑，岂想得到所谓欧洲人星期日放假会放得如此彻底，彻底到我必须用“死城”这个字眼来形容触目所及的感受。当日气候阴灰湿冷，撑着伞走路就已经够扫兴了，更不用说街道上的两旁全都是无情的铁门铁栏杆拒人于千里之外，我的心情就像是玩大富翁抽到命运卡被送进监牢暂停三回合一样难受。

趴在透明橱窗前，眼睛死盯着鞋店里的一双辛普森converse，那双鞋上头明明写着我的名字，我却无法试穿，失落孤独席卷而来，我只能靠着昨日的德国帅小哥抚慰自己。相较于我的落寞，万事通小博士马克倒是挺释怀的，在慕尼黑的玛莉安广场对着新市政厅左拍右拍、好不充实。

千万不要觉得只不过是店家都休息而已，有什么好伤心的，当天状况已经严重到连找食物都变得十分困难，加上我们住的地方无法开伙，除了早餐之外势必都必须在外头解决。

回想这趟旅途，我跟马克对于吃这件事情付出的金额实在不多，记得有次在维也纳，马克刚买了一个甜点就失手掉在地上，而且是掉在碎石子地上，捡起来之后，你会以为他买的是旷世奇派，上面裹满了坚果及巧克力碎片，但其实全部都是小石头、亿万人鞋底踩过的小石头，但当时马克只是把石子拍一拍就全数吃下肚了，这，就是我们对食物节俭感恩的态度。

因此，当好不容易找到了餐厅之后，难得坐在餐厅当中却完全没有尝鲜感，因为对我们而言花钱吃餐厅实在是太奢华的享受。

大概旅途进行至此，才第一次感觉到完全不做功课还是存有危机的，紧急打开TripAdvisor，搜寻在这穷途末日之际，除了回饭店大眼瞪小眼，我们还能何去何从。然后我们发现了一个拥有高人气好评的景点：Deutsches Museum德意志博物馆。

真正的危机，从现在开始。

正面来说，德意志博物馆包罗万象，里头航空、轮船、铁

道、电力、机械、宇宙、天文、食品、环境、物理、化学……一关又一关，是个探索你智力体力创意的地方，但对于德文不通英文半吊子的我，简直像是E.T.来到了地球，对一切全然未知的世界独自地、吃力地探索。

刚进到博物馆的时候，我面对着一颗又一颗的巨大轮船引擎，实在不知道该从哪里找它的优点，也不好意思麻烦马克不停地帮我解读那些说明，同时又害怕马克觉得我是一个没有文化素养的大老粗，于是我不停地假装对那些动力引擎有着高度兴趣的样子，这比假装还爱着另一半更痛苦。

因此当我逛完轮船动力机械区之后，已经呈现半痴迷状态，甚至想要冲去博物馆大厅里像个疯子一样旁若无人地仰天大笑，但我压抑住了自己快要发疯的大脑，强逼自己专注地玩着某个互动装置，希望在这段时间里我可以慢慢地回到理智。

但这个互动装置即将再度把人逼疯，因为看不懂德文，所以我也不了解这游戏的目的是什么，只知道玩家可以操控着一个人偶，这个死人偶可以在房间里走来走去，但也只能走来走去，因为这个游戏背景只有一个房间，你硬要走出去，就会死机。

死机之后我就重玩，不死心地一直企图走出房间然后死机，再重玩，老实说我耗在那台机器非常之久，久到所有德国小孩都放弃排在我后面，但我不在乎，反正我什么都没有，有的是时间。

当我玩到眼神已经开始僵直发愣的时候，马克不知道从哪儿晃了过来。

“你在干麻？”

“我不知道这个游戏到底要怎么玩？”

于是马克接手，我在一旁看着外文能力优秀的他是否可以破解，但一分钟之后，死机了。

我是个感觉像疯子的人，马克是个感觉像人的疯子，他开始发狂地操纵人偶，把机器的死机概率推到高峰一波又一波，然后这台装置真的死机了，不是可以重来的那种，而是出现黑画面然后跑一连串绿色程式码的那种。

然后我们开始崩溃地大笑，笑到外国人看不穿，此时我们的脑内啡分泌旺盛，趁着这股飘飘欲仙的快感，我们又去逛了数不清的展间，但我现在一个也回想不起来，我只记得我一度趴在地上跟两个三岁小孩一起追逐着投射在地板上的灯光，像狗追着自己的尾巴一样。

我们两位爱丽丝在仙境里梦游，却怎么走也走不出来，光是找出口就用尽我们最后一丝气力，仿佛是以前玩《仙剑奇侠传》时，在锁妖塔中来来去去却始终见不了天日的感觉，好不容易找到了出口，却只能坐在置物柜旁的椅子上久久无法动弹、无法对话、无法思考。

至今我们仍不明白那天在博物馆内到底发生了什么事。

工作带来自由

♂马克

“The world is a dangerous place to live, not because of the people who are evil, but because of the people who don't do anything about it.”

—— Albert Einstein

“这个世界是危险的，不是因为人们邪恶，而是因为人们袖手旁观。”

——爱因斯坦

来到慕尼黑就是为了参观达浩的集中营①，这里是纳粹所

① 篇名《工作带来自由》来自于达浩集中营大门上的德文：Arbeit Macht Frei。纳粹以这句话欺骗集中营中的囚犯努力工作，给予他们有重获自由的一丝希望。

建立的第一座集中营，之后各地的集中营，都是以达浩为样板复制。这里原本是用来关政敌和政治犯的监狱，不过在种族净化政策施行后，这里成了无数犹太人的葬身之地。

巴伐利亚邦政府从1996年投入资金开始兴建博物馆，要世人记住人类历史上这段惨无人道的惨痛教训。2003年博物馆开始运作，至今除了世界各地的游客外，每日也有许多德国的初中来到这里进行校外教学。

藉着遗留下来的遗迹，还原自己从电影中看到的场景；只剩一小段的火车铁轨和月台，是当初把囚犯从各地送来的命运车站；房舍和高耸的外墙中间隔了一条大沟和一片草坪，是为了防止囚犯逃跑的机制。如果有逃犯要硬闯，马上就会在毫无遮蔽的情况下，被高楼监视的守卫给狙击掉。接近墙的内外两侧，也布有地雷，要你难以活着出去。

现在的达浩集中营看起来是一片宽阔的大广场，绝大部分的房舍都已被拆除，而且没有四万人跟我一起挤在里面。从保留的房间陈设和历史照片看来，你可以想象那是一个多么拥挤的环境。寝室的床是左右完全没有空隙的三层上下铺（想想入伍新训时的房间再多上四倍的人要跟你睡在一起），厕所是无隔间的狭小空间，一排五个马桶，两排面对面，毫无尊严可言。

博物馆内也保留了纳粹当时的文宣、纳粹宣传艺术，还有很多令人不忍卒睹的真实照片；病到饿到不成人形的皮包骨，堆得像小山一般高的尸体，每天被逼着工作和罚站的犯人脸孔，那种看不到未来，对生命彻底失去希望的空洞眼神。所谓的人间炼狱，就在这里真实上演。

穿过房舍区，进到后面的树林中，是当时的枪决场。行刑完毕后，会将尸体移到砖红房子里焚烧掉。后来因为要处刑的人太多，觉得用枪决太慢，于是直接在焚化炉旁盖了一间毒气室，可以一次杀掉一整间屋子的人。整栋建物就由四个房间相连组成；纳粹先把囚犯带到等待室，骗他们等一下可以让他们

好好地洗个澡，然后请他们移动到下一个房间把身上的衣物都脱掉，留在房间内，然后进去下一个房间淋浴。结果下一个房间喷出来的不是水，是毒气。最后再由他们的同胞把尸体搬到隔壁房间焚化掉。

无论心情保持得多么轻松，这个阴森的地方真的让你一点也笑不出来。

纳粹在战败前，还曾下令要把达浩集中营三万多名的囚犯全部杀掉，不能让他们落入敌人的手中。在短短的十二年间，达浩集中营先后关了超过二十万名囚犯，在1945年美军解放达浩集中营时，因为看到这种惨无人道的景象，也对投降的纳粹守卫动用私刑，私自处决了他们。

人性的恐怖，在战争中表露无遗。让我觉得可怕的是，这些恶其实一直蛰伏在我们的体内，当我们渴望秩序到甚至愿意牺牲自由时，当我们太过希望被认同而失去理性时，当我们开始以二分法区别“我们”和“他们”时，就是在喂养我们体内的恶，就是在提供让恶茁壮的养分。难过的是，这恶似乎无法避免，因为生而为人，我们的天性就是喜欢有秩序，希望为群体所接纳，希望被认同。

若有那么一天，当所有的人都能了解：就算世道再混乱，

就算自己如何地被孤立，就算没有钱没有资源，我们都还是能有爱、有安全感、有自信地活着。

直到这一天，世界大同。

Peace.

达浩小剧场：
不是穿条纹衣的男孩

吃这件大小事

♀玛丽

与马克一起出发之前，还是有些事情让我略感担心，首当其冲的应该就是吃这件事，其实也就是金钱观的差异。

每个人愿意花在食物上的金额不尽相同，更不用说大家的口味都不太一样。

我不算是个积极寻找美食的旅人，除非这是许多人推荐的口碑定番，比如说去日本就是要试试一兰拉面、中国香港的翠华、韩国的陈玉华一只鸡等等诸如此类，那我可能就会特地把它排进行程当中，而这样的美食探索还有一个大

前提就是必须事先做好功课。

可惜这次的中欧之旅，我根本没时间上网搜寻资料，唯一事先订好的两间餐厅都在维也纳，还全是仰赖哲青老师的推荐。

或许没有计划也是好事，让我跟马克在吃这方面没有太多的纷争，我真不敢想象要是我预约了一间餐厅，结果难吃无比又害他花钱的话，他会用什么阴狠的言语来攻击我。

虽然没有吵架，但有一件事老是让我觉得怪怪的。

在布拉格我们特地挑选了可开伙的公寓，想藉由自行料理、少吃外食来省钱，记得订房时我问过马克他会不会做菜，他挑了挑眉说会，我也记得他曾经在泰国上过几堂厨艺课，得意料理是凉拌青木瓜丝，我还记得他曾经做了一桌菜给家人吃。

但是在布拉格的超市里，我眼睁睁看着大厨马克放进菜篮的全都是冷冻比萨、冷冻奶酪条、冷冻鸡柳条以及现成千层面还有一大盒喜瑞儿谷片。

讨厌，怎么跟人家想象的不太一样。我知道，会做菜的人没有义务要做菜给我吃，我只是期待嘛。

就像我去上了美发课，结业后就马上积极地询问马克是否需要剪发服务，就像我收到马克送我的生日礼物，那是一个可以DIY做出浮雕的产品，我马上就做了一个回馈给他。

礼尚往来嘛，我只是这么想，但这一切都没有关系，因为负责微波这些冷冻食品的是他，我很感激他的付出与奉献。

正如同你所看到的，我们吃的好料屈指可数，所以这本书中能让你笔记的美食实在贫瘠得可怜，但或许你也可以尝试跟我们一样的路线，除了无计可施或饥饿到不行而走进餐厅之

外，我们常靠背包中的一大条吐司与一袋饼干过活。

并不是刻意要走省吃俭用路线，而是我们没有美食家般缜密又层次分明的味觉，既然如此，看看欧洲一餐的价格，还是把钱放回皮夹吧，吃吐司饼干还有市集里的小吃也是很快乐的。

三餐老是在外，不会变老外，会变穷光蛋。

外国人烤香肠。

München

德意志博物館 // Deutsches Museum

達浩集中營

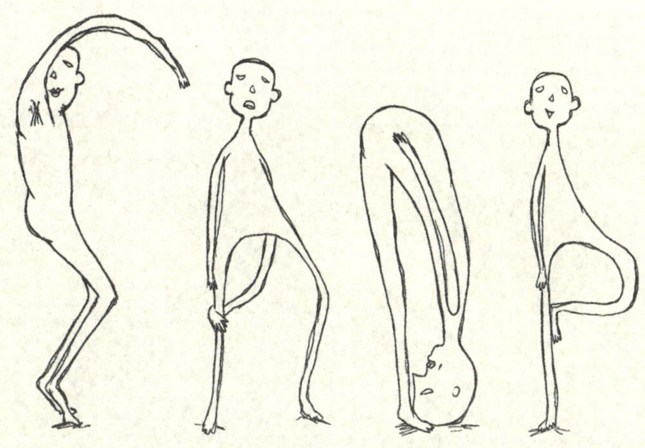

第5章

哈斯塔特

Hallstatt

Marc：“你还记得第一眼看见Hallstatt的感觉吗？”

Mary：“其实我不太记得了。”

Marc：“那你这一趟白来了嘛!!!”

Mary：“不是，是因为我没想到真的会来到这里。”

Marc：“Where there's a will, there's a way.”

Mary：“哈？”

萨尔斯堡惊魂

马克

离开丑丑又让人心情沉重的慕尼黑前往萨尔斯堡，旅途即将抵达终点站。在萨尔斯堡的惊魂不是被抢被扒东西掉了的那种，而是因为时间管理的问题差点到不了此行最终的目的地。

因为在网络上看过太多关于欧洲行被骗被抢的文章，还有自己以前“差点”被扒的经验，所以在外走跳总是提高警觉，加上带着吴玛丽同行，让我更是提高了双倍的警觉。（但是外表还是保持着一派悠闲啦，所谓外表轻松、内心严肃）

欧洲的火车有的是包厢式的面对面座位，一个包厢六人坐，大家都会尽量挑没人的包厢入座，不过也有人专门挑里面只坐一人的单独旅客下手。我们就曾在下车后，看到一名年约十五六岁的少女，哭哭啼啼地奔向前来车站接她的妈妈，崩溃地跟警察叽哩呱啦地说着她在火车上整箱行李被偷的悲惨经历。

出国最怕的就是丢东西，不管是被抢被扒还是被偷被骗，这些都可以藉由提高警觉来防止事情的发生，只是防人之心虽有，却防不到自己的心啊。

我是个时间观念很差的人，就算已经再三提醒了自己出门的时间，却还是很难准时出门。常常是因为拖延，或是对自己掌控时间的能力过度自信，导致太晚才开始准备出门；有时候就算已经提早准备好了，也会在要出门前的三分钟空档，脑筋像断线一样跑去做其他的事，进而延误了出门时间。总之不管我早准备还是晚准备，最后的结果都是一样，迟到。

但是在萨尔斯堡是不允许我迟到的啊，因为前往哈斯塔特的火车，一天就只有那么早晚两班，如果赶不上，你就得被迫留宿在没有订房的萨尔斯堡了。

当天在火车抵达萨尔斯堡后，一样把行李寄车站，出去探勘这个莫扎特之城。由于时间上不够我们搭缆车上去看看萨尔斯堡的堡，于是只好在城中晃了一圈，找间潮潮的咖啡厅吃了一顿后，就差不多要回车站去了。

问题来了，去程的公交车是沿着河的右岸而行，但是要找回程的公交车站牌，却费了好大的一番工夫。因为我遍寻不着反方向的站牌啊！先是在一个圆环搞不清楚那里的车行方向，

后来到了另一个站牌又久候不到我要的车车，询问同样在等车的妇人，竟然无法以英文沟通。眼看时间一分一秒地逼近，我们却还没有坐上公交车，奥地利又让我再次地体会到无法顺利抵达下一个目的地的恐慌中，但是出了国的吴玛丽仍是正面能量连发，一派无所谓的样子。

最后看着迟了八分钟的公交车缓缓地进站，如得救般地坐上公交车后，我心里面不断呐喊着：加速啊、踩油门啊、快一点快一点one two three four～然后要吴玛丽跟我一起双手胸前紧扣低头祈祷，我在那一瞬间把所有的吸引力法则都用上了，像个疯子一样地重复念着：我赶得上火车，我可以顺利前往哈斯塔特，一切都会刚刚好，一切都会很完美的。

然后公交车缓缓地抵达了火车站，我一个箭步冲出，做出陆军步兵学校临阵当先的铜像姿势要吴玛丽快点跟上。以迅雷不及掩耳的速度拿好行李，找好月台，上车。一切真的都是刚刚好，还有一分钟可以谈笑风生。Running Man萨尔斯堡回合任务顺利解除，但距离哈斯塔特，还有一关在等着我们。

天候欠佳的萨尔斯堡

久仰大名，哈斯塔特

♀玛丽

旅行的最终，终于要前往哈斯塔特。

哈斯塔特位于奥地利中部，距离萨尔斯堡其实不远，所以许多人规划旅途都会安排从萨尔斯堡前往。当坐在通往哈斯塔特的火车上时，其实心中有些不安，因为火车并不是直达小镇，而是必须在Attnang Puchheim站转乘其他火车前往，一旦错过了，一步错步步错，甚至会耽误到之后坐渡轮的时间，因此当越靠近目的地，我们越是紧张地左右张望确认每个站名。

当你看起来很紧张，总是坐立难安的时候，可能格外容易吸引坏人的目光，但也会吸引到热心的当地人。

坐在离我们不远处的一位老婆婆，问了我们这两个看起来慌张的小傻蛋要去哪，发现同路之后，很有义气地说，只要跟着她就没错。我看着这位头发花白的老婆婆，手上拎的都是食材，与许多车站的站长都像是老友般话家常，不禁开始幻想她

会不会就是镇上的招牌主厨，烧得一手好奥地利家常菜……脑内剧场才进行没多久，就见老婆婆开始整理行囊准备下车，拖着大小行李的我们，急忙跟着老婆婆下了火车之后却完全跟不上她飞快的脚步。

老婆婆化身成了飞跃的羚羊。

事先得知下班火车的出发时刻与我们到站时间相邻得非常紧，因此我们更害怕错过，用尽全力狂奔却只能眼见老婆婆消失在长长的走廊尽头处。不敢停下脚步却又不知道尽头处到底是该左转还是右转的同时，老婆婆干瘦的手神秘地从尽头左方阴暗处伸了出来着急地挥舞，示意我们快点跟上，当时的气氛有点惊悚却又温暖，一种十分复杂的状态。我还记得看见老婆婆的那瞬间就像看见神明一样，一路拔腿狂冲后终于顺利地赶上另一班列车。

非常感谢老婆婆，没有她的话，光是我们两个人盲目地搜寻月台就不知道会耗掉多少时间，也万万不可能赶上这班火车。

因此在这里也建议大家，对于不熟悉的地方，交通时间千万别算得太紧，纸上行程或许看起来完美又省时，但人在异地有太多的不可知，为了贪图一时方便却害了自己，到时满肚子气都不知道该找谁出。

跟老婆婆谢别之后，我们搭上了前往哈斯塔特的渡轮，站在渡轮的甲板上缓缓地跨越湖面，梦想中的场景由小变大益发清晰，同时，整颗心也都柔软了起来，因为眼前的哈斯塔特跟照片上看起来一模一样，只是从2D变成了3D。

而我们，真的要踏上这仙境了。

哈斯塔特的初夜。

哈斯塔特名媛

♀玛丽

哈斯塔特是个小城镇，主要道路只有一条而已，所以很多旅行团都会拉半天的时间来这里走走逛逛就已足够，而这个旅行社只待上半天的地方，我跟马克将要入住五天四夜。我已经做好舔遍哈斯塔特每片砖瓦的心态。

除了自己探访有趣的地方之外，哈斯塔特当然也有一些很观光商业的景点，例如盐矿、冰洞等等，撇除这些不谈，我个人觉得最有趣的还是自己开船这件事。

紧邻湖边的哈斯塔特在码头旁就有租借船只的服务，你可以借木制扁舟用自己的肌肉力量划船，也可以直接租借附有引擎的，但那绝不是在电影中看见的帅气快艇，它的引擎只提供两种转速，很慢、慢。

其实我至今仍不了解是我把生死看得太重还是这项活动其实非常的安全，因为只要你付钱，老板完全没问年纪或是要求

穿救生衣就让你上船自由出发，只交代还船时间后就回到自己的小木屋当中了。

我开心地坐上驾驶座载着我的名媛好友马克前往伟大航道，只要你忽略船速慢到像乌龟在竞走，当你右手轻搭在方向盘，左手优雅地推着太阳眼镜时，真的有种自己是杜拜名媛的错觉，加上阳光普照微风徐徐，岂止是名媛，还是个幸福的假名媛。

但快乐很少持久，这是人生一再教会我们的课题。

当马克坐在船后头斜躺着像只懒猫在发呆晒太阳的同时，我的驶船自信也正开始累积，一开始还只敢跟岸边平行前进，要是有个万一也方便游回岸上，但渐渐习惯之后接着转向往湖中央驶去，心里还偷哼着戴佩妮的《水中央》，但、来不及唱完一首歌，恐惧开始席卷而来。

看似平静的湖面，其实还是有着小小风浪，尤其越靠近湖中央越能感受到变大的起伏，坐在前方的我，更明显感受到船头微微地翘起载浮载沉，加上因为我身高较矮导致前方视野不良，于是我一度怀疑要翻船了，就在这正中央无人之际。

天啊，亚洲男女要在哈斯塔特上演铁达尼号了吗？

←这是一张可以让大部分男性引以为戒的完美案例，当你的友人背影呈现这般风景时，请勿按下快门。

↓惬意的名媛好友欧马克。

纵使紧捏着方向盘的我心跳已经要飙破最大值，却不敢开口请马克换手驾驶，因为深怕就在我们双双起身之际，船身一失去平衡就翻了（电影里很多这种画面），也怕如果跟他说觉得要翻船了，会造成不会游泳的他陷入恐慌，当时我内心思绪翻腾千回百转，不晓得这个天气落水会不会冷到抽筋、不晓得这个湖有多深、为什么老板不在船上放件救生衣……

明明天气如此的好，群山环绕的景色纯净到不行，偶尔还有呆鸭划过水面，我却一人独自在湖中央上演内心崩溃戏码，像个没见过世面的都市孩子。故作镇定的我只敢慢慢转弯，还不敢一口气来个一百八十度大逆转，心里疯狂嘀咕着怎么还离岸边那么远……当然，后来什么事都没发生，现在回想起来真的只是乡巴佬大惊小怪而已。

① 职场性骚扰的申诉管道透过口头或是书面都可以，不管是雇主对员工、或是员工之间的性骚扰都可以申诉。

子宫交谊厅

♀玛丽

在哈斯塔特入住的民宿里，附设一间交谊厅，里头有舒适的沙发、迷你的书柜以及一整片大落地窗，窗外有着小小的草皮院子，院子旁是一望无际的湖畔。

也因为整间民宿只有交谊厅有无线网络，因此我跟马克耗了很多时间在里头，常常一待就是三四个小时。

说也奇怪，虽然名为交谊厅，我们却从来没在这儿跟其他的房客互动过，简直像是交谊厅小流氓霸住一方似的。但别误会我们放着美好的哈斯塔特不管，老是没出息地窝在这方天地，这是因为出发前我们已经决定，要在哈斯塔特里讨论出脱口秀[①]的剧本。

① 2014年8月2号，马克与玛丽在新北市政府多功能集会堂举办“马克玛丽脱口秀”，吸引一千两百多名观众进贡。

因此，这间交谊厅俨然就是孕育出我们脱口秀的伟大母体。

不知道为什么，在脱口秀这件事上马克出乎意料的积极，往往都是他率先说：“我们来想本吧！”然后就拎着笔记本、录音笔还有我前往交谊厅进行创意发想。而我是个没耐性的孩子，一道题目卡关了就容易开始分神，因此很多时候当我们沉默各自想着笑点时，我其实在放空。

躺在交谊厅的皮质沙发上，观察窗外的云什么时候从我的右边飘到左边，幻想院子旁的那两只鸭子在聊些什么，偷看民宿管理员在躺椅上晒太阳打瞌睡，或是对外面划船经过的游客们挥手说嗨。

真的没事可做了，我就捞起桌上的饼干不知羞耻地大吃特吃。

人老是在该努力的时候不认真，逃避的时候倒是挺用尽全力。

直到浪费时间的程度突破极限之后，我们才会认命地开始讨论剧本。必须要说，这个过程十分辛苦，在这里我要向所有喜剧表演者致上最高的敬意。

有时我们互相向对方丢梗（“梗”，笑点），不停地一来一往后却发现没一个堪用；有时我们努力挖掘生活中让人发噱的小事，却在重述建构的过程当中，意识到原来自己是如此的无聊无趣无无无无无；更不用说当我想到一个自以为满好笑的故事时，既期待又怕受伤害的跟马克分享后，换来的也许是无感的静默。

就像是你买了件自认显瘦的洋装，朋友却问你是不是在cosplay一条香肠。

这种又窘又尴尬的氛围是打倒自尊心的最有效攻击，幸好我们撑过来了，记得当时讨论剧本的时候，录音笔躺在桌上尽力地扮演它的角色，吃进那些没营养的每一句话，如果可以，我目前最大的愿望就是烧毁它。

分手吧

♀玛丽

天下无不散的筵席，我跟马克在哈斯塔特的第四天，决定分手。分手的原因，来自于一台越野自行车。

民宿的管理员跟我们说，自行车可以免费出借，你要骑多远就骑多远，只要回得来就行。所以到了第四天，马克计划可以骑去附近的小镇晃晃，加上气候宜人，骑车实在是一件很享受的事。

听到这儿，我的心又慌张了起来，我盯着仓库里的越野自行车，高高的坐垫、狂野的轮子，完全不是可以让自行车菜鸟征服的架势。反观一旁的马克正在雀跃地试车，屁股翘得好高。

万一马克自己骑去了邻近小镇，那我不就要被遗弃在这里跟鸭子对看了？

“你会载人吗？”我小心翼翼地试探着。

“好像不太行耶，要试试看。”

“那你试一试嘛。”我强烈地传达出想当跟屁虫的心。

不由分说，我硬是坐上后座，但只撑了大概不到五秒钟我们就要摔成狗吃屎，同时希望也摔破了。

“好吧！那我自己去走一走。”我跳下车、拍拍裤子强装洒脱，心里其实在想走什么走啊，这个小城镇老娘都走了三天了还没走够啊。

但我还是用妈妈看孩子出门上学那般温柔的眼神，盯着马克骑车的背影跟他轻轻地说声再见，然后顺了顺我背包的肩带，也确认好胸前挂着的相机，告诉自己今天要当个摄影女文青健行者。深吸一口气后硬是掉头跟马克走反方向，嘴里唱着《闪着泪光的决定》：

决定转身背对着你，大步大步走下去，不再回头望向远方，永永远远忘了你……

我一定要在跟马克不同方向的路上，找到不为人知的天仙绝景。

那时的我还不晓得，很快地，我的梦就会碎了。为什么我所选择的路上游客不多是有理由的，因为只要三分钟、也就是一百八十秒，你就会走到哈斯塔特的边界了。[①]

我默默地瞪着路牌告示标志，心里庆幸还好只有我自己独自目睹人生这么糗的时刻。但再怎么赌气，我也不想贸然地走出城镇在高速公路上散步，于是只好转头，乖乖地踏上跟马克同个方向。

一路上的景色都再熟悉也不过，码头的热食小吃摊、迷你的小教堂、人潮拥挤的广场……我光是用眼角余光就能分辨它们的方位，毕竟三天以来我来回走了起码十次以上。为了寻求新鲜感，我决定在哈斯塔特的大路上采取S型的巷弄式走法，通常一些比较励志的书籍，主人翁会告诉你他在巷弄里发现了一些鲜为人知、尚未被挖掘的有趣人事物，但我必须残忍地告诉你，事实就是什么都没有，连一条狗大便都没瞧见。

我只好走到岸边，拿出早上预留的面包，开始一小块一小

---

① 其实我很想大唱张栋梁的《寂寞边界》，但刚刚才唱过歌，我怕写得这么近，读者会反感。

块地喂食鸭子。

“你早上没吃饱啊？”

“叫你朋友一起来吃啊！”

“吃慢点儿行不行？”

我不停地跟鸭子们说话，但它们十分残暴，发现我粮食用尽后就头也不回地摇着屁股游走了，那画面让我想起了早上马克翘得高高的屁股。

与鸭子话别后我继续前行，走到了这条大路热闹的终点，发现一群欧洲屁孩正在进行他们的毕业旅行，女孩们忙着拍照、男孩们忙着嬉闹，过了一阵子[②]，老师开始赶他们上公交车，我才惊觉：什么！原来有公交车可以搭去邻近小镇！

我马上冲去一旁的咨询中心拿简介翻阅，的确有几辆公交车可以去附近的小城市，但班次不多，而且你必须记好回程时间以免流落他乡，两光如我略感不安，于是又把简介放回原处。

② 没错，我就是坐在路边看青少年们聊天，直到他们离开。

DAS BIER

还是靠双脚继续往前走吧。

离开主要中心之后，明显感受到人烟稀少，我在湖边找了张石椅坐了下来，煞有其事地想观察大自然的光影变化之美，拿起相机拍了几张却又差点被自己瘪脚的摄影技术吓死。就在跟自己烂摄影构图愤怒之余，我发现右前方不远处有秋千、翘翘板等设施，我这个人对荡秋千素来无抵抗力，二话不说手刀冲刺过去，想获得一些快乐多巴胺。殊不知不荡还好，一荡、全身心灵的孤单都被荡出来了。

看着旁边一家三口好不快活地陪孩子玩耍，远方还有踩着天鹅船的情侣游客，而我呢？飞离家十二个小时难道只为了在这儿一个人荡秋千吗？而且技巧又不好根本荡不高！连我自己都想问自己：有、事、吗？

唉，是时候结束今天的健行了。

我走回城镇中心，挑了间咖啡馆坐下，在哈斯塔特的倒数第二天，是时候写那张给对方的明信片了。

盯着明信片那一小方空白，有点令人难以下笔，除了感伤旅途就要结束之外，我也无法决定究竟是要写感性的抒情文，还是荒谬的搞笑五四三，尤其这几天我们不停地试探对方到底

要写些什么，就是怕只有自己太认真会被对方嘲弄。说也奇怪，怎么诚实表达自己心情反而变成一种窘况呢，在我辗转难以下笔的时候，天空开始转灰，过没多久就飘起雨来了。

我想着马克是否正在公路上骑车哀号，我想着未来是否有天还能再次来到这儿，我想着过去的十五天是如此的不真实，看着细雨打在湖面上，湖面倒影被搅得纷乱难辨，就跟我的思绪一样。

我还想起来，在出发之前我一直打算去买两套水彩画具，

寂寞荡秋千。

企图在湖边跟马克进行一场写生比赛，还要把画作放上网络请大家来投票，但实在太忙了……其实太忙了是连借口都沾不上边的谎话，就只是懒得去文具店而已。

太习惯把美梦织在脑海里，然后以为它们都会真切地实现。

下雨的哈斯塔特，真是个适合今天的结尾。

Hallstatt

♂马克

这一趟旅行上，火车窗外的风景常常都美得令人不敢置信，但是当抵达了哈斯塔特，坑坑碎碎地把行李推下小坡来到码头时，那一瞥，真的是一眼瞬间啊。

尤其当你是为了网络上偶然的一张照片而跑了这么大老远，尤其是你在来的路上经历了一点点的惊心动魄，但是就算没有这些，眼前的景象还是会让你忍不住地："哇～"好多声。

在哈斯塔特的生活其实没有什么好记录的，虽然待了最多天，也是此行最重要的目的地，但是每天就是起床，在民宿吃顿丰盛的早餐，出门散步把小镇逛一遍，看湖发呆，划划船，下午到湖边的小屋读书、讨论剧本，晚上做做桑拿，如此悠闲又没有压力地在仙境中生活。

相较于吴玛丽照着大纲走，按照比例原则写了四篇在哈斯塔特的文章，我却只写了三百字不到，就想不出该写些什么了。几个记忆点是：

\ 这里好美。

\ 我每天早餐喝一壶热巧克力，好爽。吴玛丽惊艳于每天盛装打扮的民宿主人的煮蛋手艺，回台湾后还是每天在想念着他的水煮蛋，甚至上网买了煮蛋器，然后每天自己煮蛋配土司当早餐，感觉就好像还在哈斯塔特一样。这样美好的生活计划实行了不到一周，目前煮蛋器在同事家中。

\ 这里真的好美。

\ 盐洞是个很人工的地方，就是整理来赚游客钱的，觉得被骗，不过坐个缆车上山看看不一样的哈斯塔特美景，倒是蛮不错的。

\ 这里美得不像话啊。

\ 最后一天原本打算骑车环湖一周，从不同的角度看同一片湖，看看不一样的风景。扣掉迷路找路，鬼挡墙似地不断在邻镇的死巷弄中乱绕，不太会使用变速，还有转了个弯后一路向上之有够难骑的路况外，一切都很顺利。

\ 这里真是天杀的美。

\ 最后下雨了，我的环湖行只气喘吁吁地环了三分之一，就只好乖乖地从对岸坐船回家了（感谢老天）。

\ 这里真的太美了！

在哈斯塔特的这几天，虽然身在仙境，但因为意识到旅行已经到了尽头，所以开始感受到即将回归现实的危机。

出门前，怀抱着雄心壮志要把脱口秀的稿子生出来，要把回台后的访问准备好，甚至带了多本新锐两性作家的新书，想从其中汲取灵感，希望自己也能在旅途中写出一本旷世巨作来。但现在旅行已经到了最后一站，脱口秀连个大纲都没有，要访问的作品令我频翻白眼，而写书的计划也是毫无头绪可

言。这种一事无成的阿杂情绪排山倒海而来，让我心里觉得好烦好烦啊，但一瞥窗外的美好湖景又觉得：“啊～好疗愈啊～”一下又想到现实：“啊～好烦啊！”一下又看到美景：“呼～好疗愈啊～”在仙境的这几天，就是在这种纠结的心情中度过的。

人真的好奇怪，永远活在未来而不是现在。一种是活在对未来的期待中：面对尚未开始的旅程时，充满着干劲与能量；新的学期开始前，想着我这学期一定要跟上学期不一样，我一定要好好努力，我一定要怎么样怎么样。然后随着时间过去，却越来越提不起劲，最后故态复萌。我们总是在岁末年终时，对新的一年充满希望与期许，也是在岁末年终时，留下每年大同小异的未完成心愿。

另一种呢，则是活在对未来的恐惧中：人生即将迈入未知的新阶段，因为未知而感到恐惧；新的学校我会不会交不到新朋友，新的工作我会不会做不来，人妻人夫人父人母的角色转换会不会无法适应，或是像我一样明明身在仙境，却在心烦着回到台湾以后的事情。真是浪费。

这趟因为《白日梦冒险王》而开始的旅程，直到书写到这里，我才体会到它所要传达的是这么简单的一个概念：活在当下。

我们要做的、要追的、要去的，从来都不是梦，是眼前、是当下、是now。

哈斯塔特的盐洞

哈斯塔特的生活

Hallstatt

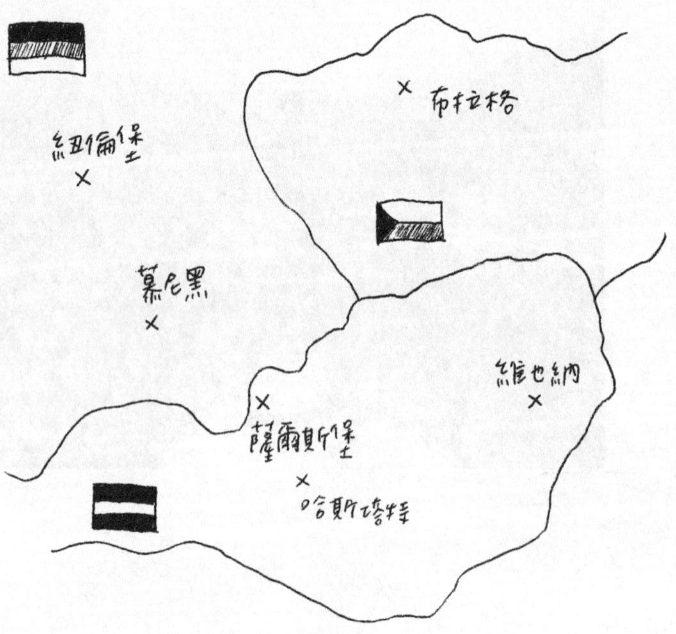

妈妈给杯拿

♀玛丽

哈斯塔特下了一整夜的雨之后，还是没有要停的迹象。

我跟马克在码头等待渡轮的同时，也在心里头感谢老天让我们这五天四夜里有八成以上都是阳光普照的好天气，拎着行囊踩过雨坑，我们又要重返维也纳了。

还记得住在维也纳热情善良的Mimi吗？感谢她的大方，让我们在回台湾的前一晚可以借住她家。

其实打从离开维也纳之后，Mimi一路上不时地透过通讯软件跟我们保持联系，不断地确认我们的安全以及提供许多交通资讯，就连我们再度抵达维也纳车站时，她还请朋友来接我们直接前往她家。写到这里，我真的又想对Mimi下跪了，因为就连我都无法保证自己可以如此全方位地照顾来台湾玩的朋友，更何况我们之前跟Mimi素不相识。

搭乘火车进入维也纳的时候，看着窗外一整排古老诗意的建筑物，我忍不住跟马克赞叹维也纳真美。只不过相隔十天，经过了捷克与德国后，我居然被维也纳给深深吸引住目光，突然理解了她那份优雅自在的迷人味道。

在写这本书的时候，有次我在电视节目上看见了有人在介绍维也纳，跟着摄影镜头，我再次走过了史蒂芬大教堂、熊布朗宫、维也纳摩天轮、国家歌剧院。看着那些画面我的心跳飞快，那些过去难以想象或是只能在电视机前惊叹的地方，我真的有用我的双脚走过，也突然明白了旅行的美好之处还在于它能让我对整个世界有更宽阔的想象与共鸣。

你可能在想，这篇文章进行至此，到底妈妈给杯拿是什么。

最后一晚在Mimi家中，早已忘了在聊些什么，总之Mimi非常震惊我跟马克这次的欧洲之旅居然没有放肆地大吃冰淇淋，这件事对她来说非常的严肃，严肃到她要立马开车载我们到市中心请我们吃上一球。①

① 不要脸如我跟马克，实际上大概吃了五球冰淇淋一杯圣代还拿了Mimi友人的两罐鱼子酱罐头。

原本我心想，就是个冰淇淋嘛，说穿了吃起来不就是那些味道吗？所以就说我是个没世界观没好奇心没探索力的土包子，在冰店里，的确有一些没听过的口味，我要推荐的，就是妈妈给杯拿[②]。

其实我不知道妈妈给杯拿到底是什么口味，只能说所有邪恶的美味秘方都在里头。它甜香浓郁、一含进嘴里，舌尖上就瞬间爆发满分烟火，如果说妈妈给杯拿是参赛者，而我是导师评审的话，它只消唱一秒，我立马就为它按钮转身。[③]

在维也纳的最后一晚，这趟中欧之旅的最后一晚，我们坐在冰淇淋店里聊天吃甜点，整趟旅行的美妙都浓缩在我眼前的妈妈给杯拿当中，被我一口一口地吃下肚。

② 伟大的马克说这是意大利文，正确拼法是Mama que buena。

③ 某些歌唱比赛的桥段，一开始评审皆背对参赛者，而只要参赛者的歌声让他们感动，他们就会用充满戏剧张力的表情或姿势按下眼前的按钮，让座椅自动旋转一百八十度，非常方便。

孤男寡女旅行

♀玛丽

如果有人问我能不能让男友跟女性友人单独出游，我会很坚定地说不行不准不要脸，所以你千万不要拿这本书去跟另一半说："马克玛丽都可以，我为什么不行？"

跟马克一起主持广播将近十年，收过许多类似的留言或来信："我希望跟他之间就像你跟马克一样是形影不离的好朋友。""我希望也能拥有这样的纯友谊。"

而且这样的来信大部分都是女生。

我很想跟这些女孩说请不要把我和马克拿去跟你和他之间相比，并不是我自以为与马克间的友谊有多么了不起，而是我不希望你用朋友当幌子欲盖弥彰自己的真正心意。[1]

① 欢迎上网搜寻玛丽《只想当你好友》这篇文章。

常听《青春点点点》的人会认为我跟马克很有默契，我们了解彼此，我们是无话不谈的挚友，但，那是因为我们一起工作了十年的关系。

我们不会许下四十岁未嫁未娶就在一起的这种中二约定。

我们不会闲暇无事就跑去对方家消磨时间，甚至因为同盖一条棉被却没发生任何事就大惊小怪自以为了不起地大声嚷嚷。

我们不会在感情受伤之余说出要是另一半有像你一样懂我就好了的白目发言。

我们不会，不，这里应该说我不会要马克有女友时还要关心我注意我不能忽略我这个好朋友。

如果你跟你口中的异性好友有以上这些行为，拜托你们不要再说你们有多单纯，这就像你老板跟你说明天开始薪水调涨三倍一样离谱。

有时候我也会思考，在听众的来信中，所谓“想要拥有你跟马克一样的友谊”到底是什么意思呢？如果是想要无话不谈的朋友，那又何必限定性别。

大家好像常把我跟马克之间的友谊无限美好化了。

其实我们在工作之外的接触真的不多，不会一起吃饭看电影、不曾一起出去玩，这次的旅行更是我们认识十年来的第一次。我们也不是那种发生开心的事第一时间就要跟对方分享的关系（遇到愤怒的事比较有可能），甚至我觉得，我们中了乐透不会跟彼此坦诚。

严格来说，我们是在生活中有些距离的好友，对我们而言，感情良好并不是建立在生活的紧密度上，而是……

而是什么呢？我也不太明白，也许就是因为我们什么都没有想，才能维持友谊。

回到这次旅行的最初，当我们在筹划时都还是单身的状态，谁知道不耐寂寞的马克竟然在出发前交了女友，所以这趟旅途中马克女友扮演着关键角色，她大可生气、排斥甚至抓狂，这些都是合理的情绪反应，但她没有，她让《青春点点点》顺利完成了第一次的员工旅游，在这里我想要跟她说声谢谢。

结语

♂马克×♀玛丽

2004年，有一名不知道自己未来会单身八年的女性，和一名不知道在一年后会被狠甩的男性在飞碟电台相遇了，但这不是一个爱情故事，这是两位成功人士相遇的开始。

他们不知道他们未来会一起主持《青春点点点》，一起开演唱会，发行周边商品，一起办脱口秀，还合写了一本书。

所有成功的表演者背后，都要有一群失去理智的支持者。很幸运的，我们拥有一些。因为这些半夜不睡觉、寂寞人们的支持，才让我们做了这么多想都没想过的事情。谢谢你们。

而如果你是藉由这本书才知道我们的读者，很欢迎你在每天的一开始，午夜时分，转到飞碟电台的频道，让我们陪你。传说，听我们的节目会让你忘却失恋的痛苦，会让深陷忧郁情绪的病人重新找到好久不见的笑容，会让你卸下累积了一整天的压力和情绪。

我曾经看完一本书后，无法压抑心中的兴奋而私讯给作者，因为读完他的作品所带来的通体舒畅实在太快乐了，我甚至还对作者说出："你就像是炎炎夏日的凉白开！"这种不知所云的句子。

马屁味很重，但确是百分百的真心诚意。

那时我心里想，多希望将来看完《为青春出发》的大家也能拥有我现在的感受，只要某个段落或某句话甚至是一张照片，曾经让你无法抗拒地嘴角上扬过，一切都足矣。

也许就像是你曾经在广播旁被我们不经意地逗乐一样，虽然我无法听见你当下发噱的噗哧一笑，但只要那瞬间真实存在过，那就够了，那就够了，那就够了（够了）。

最后，请不要把我卖到TAZZE二手书，拜托！

praha . John Lennon . velkopřevorské náměstí
prague . John Lennon . velkopřevorské square

親愛的哥、你現在正在騎去Hallstatt隔壁的
小鎮上、剛剛下了一下雨…不知你是否安好？
原本想寫些感性的話、可是我眼前的蛋糕有
些好吃、所以我一直分心…記得之前說我們
一起旅行的時候、就是青春…結束的那天、沒
想到我們可以在節目進行時就完成這件事、太
棒惹、這趟旅途中、有一次你把吃完糖果後的
垃圾丟給我、然後說：謝謝妳陪我來歐洲、
垃圾送給妳！要感謝的人是我呀、我的
英文爛成這樣、哥在許多地方都不厭其煩地
翻譯給我聽（雖然不願意買任何東西送我）
這次生平首次的歐洲之旅可以圓滿都是託
你的福氣呀、感謝哥、感謝宇宙、感謝哥體貼
大方的女友、最後我要老派的說、願友誼長存…哈哈哈

tel 220 571 111

foto © milan@kincl.cz

8592311111008

1435

ÖSTERREICH
Standard
WELT
2012

HALLSTATT
05.05.14-00
4830

TO:
R.O.C Taiwan Taipei
台北市羅斯福路二段102號
25F UFO
馬克信箱 收

mary@Hallstatt
2014.5/2 13:30

Schloss Neuschwanstein

GERMANY ROYAL CASTLE NEUSCHWANSTEIN

von König Ludwig II. von Bayern (1869-1886) erbaut

ノイシュバンシュタイン城

KÖNIGSSCHLOSS NEUSCHWANSTEIN

親愛的夥伴，

沒想到竟然讓妳完璧歸台了，這一切

都要感謝 [illegible]，是 [illegible] 救了妳一命。

言歸正傳，感謝妳這一路上的包容

和打氣，被我要求拿鏡拍一系列的

荒誕影片，被迫体会無計画旅程，

然後还在我杞人憂天的时候，即时

提供実際地安慰，妳真是个很棒的

旅伴，希望妳人生中的第一次長途旅行

有留下許多美好回憶～

Nr. 2162

ÖSTERREICH

Standard 2012 WELT

HALLSTATT POST PARTNER 05.06.14 4830

TAIPEI, TAIWAN, R.O.C

10084 北市 羅斯福路二段

102号 25 F UFO

Mary 收

飛碟 藺相如 Man

2014.

© Fotoverlag HUBER | D 82467 Garmisch-Partenkirchen | www.fotoverlaghuber.de

KÖNIGSSCHLOSS
Neuschwanstein
GERMANY
ROYAL CASTLE

北京市版权局著作权合同登记　图字 01—2016—0853

图书在版编目（CIP）数据

为青春出发 / 马克, 玛丽著. — 北京 : 中国铁道出版社, 2016.10

ISBN 978-7-113-22034-1

Ⅰ. ①为… Ⅱ. ①马… ②玛… Ⅲ. ①游记 – 作品集 – 中国 – 当代 Ⅳ. ①I267.4

中国版本图书馆CIP数据核字(2016)第157176号

书　　名：为青春出发
作　　者：马克×玛丽　著

策划编辑：聂浩智
责任编辑：孟智纯
编辑助理：杨　旭
责任印制：赵星辰

出版发行：中国铁道出版社(100054，北京市西城区右安门西街8号)
网　　址：http://www.tdpress.com
印　　刷：中煤（北京）印务有限公司
版　　次：2016 年 10 月第 1 版　2016 年 10 月第 1 次印刷
开　　本：880mm×1230mm　1/32　印张：8　字数：300千
书　　号：ISBN 978-7-113-22034-1
定　　价：48.00元
